王子から婚約破棄された公爵令嬢ですが、海に落とされたらセレブな大富豪に豪華客船で溺愛されました!!

しみず水都

Illustration
天路ゆうつづ

gabriella books

王子から婚約破棄された公爵令嬢ですが、海に落とされたらセレブな大富豪に豪華客船で溺愛されました!!

contents

序章

「ユリアナ・シェルラン！　おまえとの婚約は破棄する！」

公爵令嬢のユリアナがハンス王太子から婚約破棄を言い渡されたのは、豪華客船で開かれていた夜会の最中だった。

「ハンスさま、突然なにをおっしゃるのですか」

ユリアナはラベンダー色の瞳を大きく見開き、信じられない面持ちで目の前に立つハンスに問いかけた。

「おまえのような身分目当ての女と結婚するのは、嫌になったんだよ」

バスクラン王国の王太子である彼は、ユリアナとはそれほど身長差がない。大きく胸を張り、なんとか見下すような態度を取っている。

『いったいなにが起きたのだ？』

夜会が開かれている船内ホールでは、大勢の人々が踊ったり、談笑したりしていた。二人の近くにいる者たちが、何事かとこちらに注目している。

「身分目当てだなんて……」

この婚約はハンスの父であるバスクラン国王と、ユリアナの父であるシェルラン公爵が決めたものだ。貴族の最高位である公爵家の令嬢は、王家の威厳を保つのに相応《ふさわ》しい。公爵家も王家に娘を嫁がせることで、王国内でのゆるぎない地位と名誉を手に入れられる。

ユリアナは公爵家のためにハンスとの婚約を受け入れ、ハンスも王国のためにユリアナと婚約したはずなのだ。

なのに……。

「僕は、命をかけて僕だけを愛してくれている、可憐《かれん》で美しいこのターミアを、妻にすると決めたんだよ！」

ハンスは立場を忘れ、子どもがおもちゃを欲しがるような理由でユリアナとの婚約を破棄しようとしている。

ハンスの後ろから、おずおずと少女が顔を出した。

彼女は腰まであるストロベリーブロンドの髪に海のしずくのようなアクアマリンの瞳、そして透き通るような白い肌をしていた。

誰が見ても美しいという容姿を持つ少女が、ハンスの言うターミアである。

「でもその人は……」

ありえないとユリアナは首を振った。ターミアはバスクラン王国の人間ではない。身分も出自もはっきりしない、国籍すらわからない者なのである。

「ターミアは以前、海で溺れた僕を助けてくれた命の恩人だ。足が不自由なのは僕を助けた際にケガをしたからで、言葉が片言なのは外国人だからだが、おとぎ話の人魚姫そのものだ」

ハンスはターミアを抱き寄せた。細い腰に似合わぬ豊満なターミアの胸が、ハンスの身体に押し付けられている。

「殿下……」

うっとりとした表情で、ターミアがハンスを見上げていた。

一点のシミもない白磁のような肌と、歪《ゆが》みのない整った顔立ち。誰よりも美しいという表現は間違っていないと思う。

ユリアナの容姿はと言うと、ラベンダー色の瞳だけは美しいと自慢できるが、あとは普通の顔立ちに普通の金髪、普通の肌と体型だ。

年齢に差はないけれど、見かけで勝ち目はない。

「僕はこの人を愛している。二人は結ばれる運命なのだ！」

力強くハンスが宣言した。

銀色の髪と空色の瞳を持つハンスは、勲章と宝石のついた豪華な王太子の服を身に纏《まと》っている。美しいターミアと並んでいると、お似合いという言葉がぴったりかもしれない。

だが、ここですごすごと引き下がるわけにはいかなかった。

「わ、わたしたちの婚約は……バスクラン王国とシェルラン公爵家の繁栄のためですわ。身分に釣り合う結婚をしなくてはなりません」

恋愛などという軽い次元のものではないと、ユリアナはハンスに訴えた。

「おまえはそういう身勝手な理由で、僕と婚約したんだよな。僕しか身分相応な相手がいないから、仕方なくだろう？」

空色の目を細め、皮肉な視線を向けてきた。

「そのようなことは決して」

ユリアナは大きく首を振る。確かに身分に合う相手として、ハンスは最良だ。しかしながら、自分からハンスと結婚したいと言ったわけではない。幼い頃に国王と父公爵が決めたから、そういうものなのだと思い込まされて育ったのだ。

ただ、公爵令嬢のユリアナの結婚相手としてプライドを保てるのは、同等の身分以上の者である。現在のバスクラン王国では、身分に見合う適齢の独身男性はおらず、必然的に王族であるハンスの妃《きさき》になるしかなかったというのは事実だった。

夜会が開かれていた船内のホールでは、多くの人たちが踊りを止めている。突然巻き起こった婚約解消劇に、皆が興味深く耳や視線を向けていた。ホールの一角にいる楽団さえも、ダンスのために演奏していたワルツの音量を、低く抑えている。

『これは大変なことになりそうですな』

壁際にある椅子で酒を飲んでいた老貴族がつぶやく。隣にいる中年の貴族が、困ったことだと顔を顰《しか》めていた。

『婚約破棄とは驚きだわ』

『しかもあのシェルラン公爵令嬢のユリアナが、棄《す》てられるなんてねえ』

若い女性たちの声も聞こえる。あちこちからヒソヒソ話が始まり、クスクスという嘲笑っぽい声が響いてきた。

「おまえは公爵令嬢だからと、いつもツンツンしていていけ好かないんだよな。かわいいターミアとは大違いだ」

ひどい言葉をハンスが投げつけてくる。

「あの……でもそれは、ハンスさまが他の者に笑いかけるなと……」

王太子の婚約者として、誇りと品格を保つようにと常に要求されていた。軽々しく身分の低い者に笑顔を見せて親しくするなと、命じられていたのである。

ユリアナはそのことを訴えようとしたのだが……。

「僕のせいにするな！　そういうズルいところもうんざりなんだよ。とにかく、おまえとの婚約は破棄だ！」

人差し指をユリアナに突きつけ、ハンスが叫ぶように宣言した。

『おお……』

ホールにどよめきが響き渡る。

「さあ行こう」

ハンスはターミアの肩を抱いて歩き出した。

「そんな……っ」

ホールの中央に置き去りにされたユリアナは、蒼白《そうはく》な顔で立ち尽くす。

驚きと衝撃で固まっていると……。

『まあ大変』

『シェルラン公爵令嬢が、大恥をかかされちゃったわよ』

『あたくしだったら恥ずかしくて、耐えられないわあ』

『哀れねえ』

耳を塞ぎたくなるような言葉が聞こえてきた。

（バスクランの令嬢たちだわ……）

婚約破棄をされたユリアナを嘲笑している。

そして、ユリアナの大きく見開いたラベンダー色の瞳に、ハンスとターミアがホールから出て行こうとしている姿が映った。

「ま、待って！」

（このままにしておくわけにはいかないわ！）

こんな理不尽を受け入れたら、自分は国中の笑い者になる。そして、バスクラン王家とシェルラン公爵家の間に軋轢《あつれき》が生じて、国内外に悪影響を及ぼすだろう。

なんとしても婚約破棄を撤回させなくてはならない。

ユリアナはドレスの裾を持って、甲板側の廊下を歩く二人を追った。

「ハンスさま！　殿下！　お待ち下さい！」

ホールから外に出たユリアナは、二人の背中に向かって叫ぶ。

海は荒れていないけれど、風が少し強かった。ユリアナのロールしていた金髪が風に流され、水色のドレスが翻《ひるがえ》る。

「なんだよ。ついてくるなよ！」

ハンスが忌々しそうに振り向いた。

「でも、わたしはこれまで、殿下のおっしゃる通りにしてまいりました。殿下の婚約者として恥ずかしくないようにと……」

手のひらを向けて訴える。

「なんでも僕のせいにするなよ。ったく、口うるさい女だ。ターミアのように静かな女性が僕は好きなんだよ。な？」

ハンスがターミアに目を向けた。

「嬉《うれ》しい」

にっこりと笑ってターミアが見上げている。

「それは、その方が外国の方だから……」

ターミアは言葉が不自由なので、話をたくさんしないのは当然のことではないかと、ユリアナはハンスに訴えた。

「身分差別の次は外国人差別か？　おまえって最低だな。もう顔も見たくないっ！」

くるっと踵《きびす》を返すと、ハンスは甲板をずんずん歩いていく。

「あ、ま、待って！」

慌てて追いかけるが、ユリアナがターミアの横をすり抜けようとした瞬間、ドレスが何かに引っかかった。

見ると、ドレスの裾をターミアが踏んでいる。

「な、なぜっ？」

ユリアナは大きくよろけて、船の手すりに身体がぶつかった。

「いっ……痛……い」

顔を歪めて手すりから身体を離す。

腕を擦ろうとした時、船が大きく揺れた。

「あっ、きゃっ！」

船が大波に乗り上げ、荒馬のように上下する。

これまでずっと海面は穏やかだったので、こんなに大きな揺れは初めてだった。船体が傾き、ユリアナの身体が海側に引っ張られる。

「あああっ！」

（このままでは海に投げ出されてしまうわ）

ユリアナは慌てて手すりを掴《つか》もうとしたのだが……。

伸ばした手は、手すりのはるか上を通り過ぎた。

「そんなっ！」

身体が大きく海側に出る。

振り向くと、ターミアの姿が目に入った。彼女は手を差し出すこともなく、ユリアナを見つめている。

「き、きゃあああああああっ！」

身体が船外へと投げ出され、ユリアナは悲鳴を上げて海へと落ちていったのだった。


「なんだ？　一瞬すごく揺れたが？」

ハンス王子が窓枠に掴まりながら振り向く。

「ユリアナさん、海に、飛び込んだ」

やってきたターミアが訴えた。

「飛び込んだだと？　自分でか？」

「わたし、止めたのに……」

困惑の表情でハンスを見上げる。

「偽装自殺で僕の同情を引こうとしたのかな」

「……心配です」

ターミアが海を見下ろす。

「君は優しいね。でも心配はいらないよ。すぐに船内警備の者たちが助けにいくよ」

ハンスが顎で船尾の方を示した。

浮き輪などを持った船員たちがこちらにやってきている。ユリアナの悲鳴と水音を聞いて、彼女が落ちたことがすぐに伝わったようだ。

「まったく迷惑なやつだよな。僕が泳げないのを知っていて、嫌みったらしく海に飛び込んだに違いない」

救命ボートのカバーを外し始めた船員を忌々しそうに見ながら言う。

「わざと……なの？」

「あんなやつに構う価値はないよ」

ハンスはターミアの肩を抱き寄せる。

「ここは風が強くて寒い。早く僕たちの部屋に行こう」

ハンスは自室へと歩き出す。

「ふふ……」

肩を抱かれて歩くターミアがこっそり笑ったが、ハンスは気づいていない。

第一章　海の王

（なんてことなの……）

ユリアナは絶望しながら冷たい海に沈んでいく。

公爵令嬢のユリアナは、ハンス王太子の婚約者という立場に見合うようにこれまで振る舞ってきた。

大きな口を開いて笑ったり、気安く異性や身分の低い者たちと話をしたりすることは控え、誰よりも気高く、高慢な態度でいた。

しかも、王太子よりも前に出てはいけない、聡明であっても隠すように、と教えられていたから、ハンスの後ろにいて、何事も彼を持ち上げ敬うようにしていた。

ハンスからもそういう態度を強いられていたので、これまでずっとそのことを忠実に守ってきたのである。

なのに、それをすべて否定して、身分も怪しい外国の娘と結婚するという。

（ひどい……ひどすぎる……）

これまでの我慢や制限されてきた数々のことが思い出される。あれに耐えていたのは王太子妃になるためなのに、あっさりとなかったことにされてしまった。

大勢の前で婚約破棄をされたユリアナには、これから暗い未来しか残されていない。王太子から棄てられた気位が高いだけが取り柄の公爵令嬢と、皆から嘲笑されるだろう。

おそらく船を下りても、船内のホールでユリアナに向けられた視線と嘲笑が、この先ずっと続くと思われる。

(このまま海のもくずとなってしまった方がいいのかもしれない)

身体は沈み続け、息がひどく苦しくなってきた。

意識がどんどん遠くなっていく。

自分は死ぬのだ。

婚約破棄されてプライドをへし折られた公爵令嬢として……。

(ああ……それも……いやだ……)

くやしさがこみ上げてきた。

せめてハンスに恨み言のひとつでもぶつけてから死にたい。

でももう遅い。

こんなに深く、そして長く沈んでいたら、誰も助けられないだろう。

本当に死ぬしかないのだ。

(いやだ！　くやしい！)

これまで抑え込んでいた気持ちが爆発する。

『死にたくない！』

手を上に伸ばし、大声で叫んだ。

けれど声は海水に呑《の》み込《こ》まれ、口から出た大きな気泡が海面に向かって昇っていく。替わりに、ご

ぼっと口の中に海水が入ってきた。

『……たすけ……っ』

ユリアナの気管や肺に、冷たい海の水が侵入してくる。

視野がどんどん狭まっていく。

苦しさにもがき、目の前が急速に暗くなってきた。

（こうして死んでいくのね）

諦めるしかないのだと目を閉じる。

すると……。

もがいていた手が誰かに掴まれた。

大きな手に引っ張られる。

（救助隊？）

「助けてあげたら、私と結婚してくれますか？」

はっきりとした男性の声がした。

（けっこん？）

驚いて目を開けると、人の顔が見える。

若い男性の顔だ。

長い黒髪と緑色の瞳を持っていて、とても綺麗《きれい》な顔立ちをしている。水の中だというのに、笑みを浮かべてユリアナの手を握っていた。

上等な服を身に着けており、救助隊というよりどこかの貴族の青年にしか見えない。

しかも……。

（なぜ？）

先ほどまでユリアナを苛《さいな》んでいた地獄のような苦しさが消えている。

（もしかしてわたし、死んでしまったの？）

魂が身体から抜けてしまったため、苦しさを感じなくなったのかもしれない。そしてこれから、死後の世界へ行くのだとしたら……。

（それではこの人は、死神？）

「あの……あなたは？」

自分を見つめる青年に問いかけてみる。

「私はディラン。この海の王だよ」

にこやかに答えてきた。

「海の王？」

初めて聞く言葉である。

「そうだよ。あなたを助けにきた。私の妻になってくれるという条件でね」

真剣な目で告げられる。

「妻？　でもわたし……死んだのではないの？」

問いかけに、ディランは首を横に振った。

「それならなぜ苦しくないの？　ここは海の中でしょう？」

怪訝《けげん》な表情でさらに質問する。

「海の王である私が、こうしてあなたの手を握っているからだよ。ほら、放すとすぐに苦しくなるだろう？」

握っていたユリアナの手をディランがぱっと放した。

すると、再び身体が沈み始め、恐ろしいほどの水圧が襲ってくる。

「ひ……っ！」

もちろん激しい息苦しさも戻ってきた。

「ぐうぅっ！」

ユリアナは顔を引《ひ》き攣《つ》らせてもがく。

「ね？」

わかっただろう？　と再びディランがユリアナの手を握った。

「あ……本当だわ……」

彼の言うとおり、手を握られただけで息苦しさと強い水圧が消滅する。ほっとしたユリアナの正面にディランが来た。

「私の妻になってほしい。そうすれば、命だけでなくあなたの望みをできる限り叶《かな》えてあげるよ」

「わたしの……願い？」

ユリアナの願いは、ハンス王太子の妃になり、いずれは王妃になることだった。けれど、ハンスからは婚約破棄をされ、目の前にいる青年の妻になっても……。

(海の王の妃《きさき》なんて……)

ファンタジックな話だ。

現実にはありえない。

もしディランが本当に海の王であっても、魚や貝の王さまなんて、ユリアナの望む地位を持つ相手ではない。

とはいえ、このままあの苦しみの中死んでしまうのは嫌だ。

考え込んでいると、ハンスがため息をついている。

(海の中でも水上と変わりなくため息がつけるのね)

不思議な気分で彼を見上げると……。

「私は、あなたの国では貴族の身分を持っていない。ただの平民だ。もしそれでもいいのなら、考えてもらえないだろうか」

困惑の表情で問われる。

「あなたは……平民なの？」

つぶやきながらユリアナは顔を顰《しか》めた。

シェルラン公爵家はバスクラン王国で最高位の家格を持つ貴族である。ユリアナは公爵家の一人娘だ。現在王族に独身女性がいないので、実質ユリアナがバスクラン王国で最高位にいる独身女性なのである。

だから身分に釣り合う結婚相手は王太子のハンスしかいなかった。その相手に婚約破棄をされたのだから、王国内でユリアナに釣り合う身分の独身男性は消滅したと言っていい。

（けれど、いくらそうだと言っても……）

貴族ではないただの平民の妻になるのは抵抗がある。

「海から出たら王でなく平民だが、不自由はさせない。陸には世界各国に屋敷があり、大勢の使用人を雇っている」

相当な資産家なのだという。

「そう……なのね……」

艶《つや》やかな黒髪、海の中で輝くエメラルドのような瞳、通った鼻筋と形のいい唇。彫像のような美しい青年に、足りないのは身分だけだという。

（わたしの身分が欲しいのかしら……）

公爵の一人娘と結婚して二人の間に子どもが生まれれば、暫定的に次期公爵の身分を得られる。だがそれは、相手が貴族でなければならない。

「わたしと結婚しても、あなたは公爵にはなれないわよ？」

平民は貴族と結婚しても爵位は得られないのだ。

「わかっているよ。それでもあなたと結婚したいんだ」

青年は構わないという。

（結婚……）

主だった上級貴族のほとんどが船に乗っていたので、ハンス王太子から婚約破棄をされたユリアナのみっともない姿を見ている。公爵令嬢とはいえ王太子に棄てられた惨めな娘だ。そんな者を娶《めと》ったら笑い者になるかもと、敬遠される可能性があった。

「い……いいわ……」

ユリアナはうつむいたまま言葉を返す。

「いい？　とは……どちらの？」

肯定なのか否定なのかと問われた。

「わたし……」

ユリアナは顔を上げる。

「あなたの妻になります」

ディランの目を見てはっきりと告げた。

（これはきっと幻覚なのよ）

死の間際に見ている幻《まぼろし》なのだと思う。海の王国とか海の中で苦しくないとか、おとぎ話や空想の世界でしかありえない。

若くして死ぬ自分が哀れで、せめてハンスのようなケチで我《わ》が儘《まま》な男ではなく、美しくて優しい男性と結ばれたかったという気持ちの表れなのだろう。

（こんなに素敵な方の妻になる、という夢の中で死ねるなら……いいわ）

ハンスやターミアに対する悔しさはあるけれど、生きていても笑い者になるだけだ。そして死んでしまうのなら、現世の身分に拘《こだわ》る必要もない。

「では契約を……」

耳障りのいい声とともに、美麗な青年の顔が近づいてくる。

（けいやく……？）

彼の深みのある緑色をした瞳が至近距離にきた。吸い込まれそうな美しさに、ユリアナの胸がときめく。

「あ……あの……っ！」

どぎまぎしていると、形のいいディランの唇がユリアナの唇に触れた。瞬間、背中にビリビリとした衝撃を感じる。

（な、なに？　……それより、わたし……っ）

男性と口づけをしていることに意識を奪われていた。これまで、こんなふうに誰かとキスをしたことはない。

ディランの体温が唇から伝わってくる。触れ合っているところがくすぐったい。軽く唇を吸われると、意識がぼうっとしてきた。

「嫌だった？」

唇を離したディランが、ぼんやりしているユリアナに問いかける。

「……嫌じゃないわ……ただ、初めてだったから……」

「キスが初めて？」

驚いた顔で問いかけられた。

「わ……わたし、婚約者がいたので」

そういうことはしていなかったのだと、頬《ほお》を染めて目を伏せる。

「婚約者以外とキスをするのが初めてということかな？」

「いえ、そうではなく……」

婚約者のハンスともキスは挨拶だけで、場所も頬のみである。

王族の妃になる者は、婚礼の儀式までは清らかでなくてはならない。もちろん他の異性との接触は許されない。ダンスさえも、ハンス以外とは禁じられていた。そのハンスとのダンスも、数えるほどしかしていない。

とはいえ、王族側に縛りはなかった。王太子のハンスは大勢の女性たちと踊り、ターミアのような身分のない女性と深い関係になっても、咎《とが》められないのである。

（考えてみれば……ひどい差別だわ）

これまでのことを思い出し、ユリアナは憤《いきどお》った。

気高く清らかであることをユリアナだけ強制され続けたあげく、それを責められて婚約破棄されたのである。

「この魅力的な唇を初めて味わえたのは私だということか。それは嬉しいね」

美麗な顔に笑みを浮かべてディランが言う。

「わたしとのキスが嬉しいの？」

「あなたに触れられることが嬉しい」

「どうして？」

「妻にしたいほど好きだからだよ？」

「こんなわたしを？　どこが？」

戸惑いながら問いかける。

「理由は後でもいいかな？　まだ結婚の契《ちぎ》りには続きがある」

これからが本番なのだという。

「あ……ええ……わかったわ」

これはユリアナが死に至る夢である。夢の中は理不尽で、自分に都合良く出来ているものだ。だからきっと、完璧な美貌を持つ青年との甘い触れ合いを、ユリアナは無意識に渇望していたのかもしれない。

（そうね……こんな素敵な方の腕の中で……）

天国にいけるのならば本望だ。

「でも……ここは？」

いつの間にか自分は室内にいる。しかも海の中の室内だ。ゆらゆらとカーテンや髪が揺れているが、設《しつら》えは陸と変わらない。

「海中宮殿の私の部屋だよ」

オーロラのように輝くカーテンや金銀で作られた家具調度品。窓の外は水槽のように色とりどりの魚が泳いでいる。

死んだら空の向こうの天国へ行くのだと思っていたけれど、深い海の底ということもあるのだろうか。

（それも悪くないかも……）

美しい珊瑚《さんご》や魚に囲まれて、海の底で永遠に眠るのだ。

とはいえ……。

「あ……あの……」

ディランからユリアナのドレスに手をかけられて、はっとする。

「結婚の儀式だよ」

にこやかに答えると、ドレスの衿《えり》がそっと開かれた。レースのフリルに覆われた胸元から、ユリアナの乳房が顔を出す。

「きゃっ……」

小さく声を上げて、乳房を腕で隠した。夢の中でも羞恥心は変わらずにある。

（眠るのではないの？）

「大丈夫だよ。すべてを私に委《ゆだ》ねてほしい」

ディランは優しくユリアナの手首を掴んだ。

「こうしてあなたに触れられるとは、夢のように嬉しいよ」

乳房から腕を外しながら言われる。

（夢のよう？）

これは夢や幻覚のはずなのに、なぜそのようなことを言うのだろう。ディランの綺麗な顔がユリアナの乳房に近づいてくる。

「本当に、素敵だ……」

感嘆の言葉を発し、形のいい唇で乳首を覆った。

「はっ……あっ！」

恥ずかしさの次に淫らな感覚が伝わってくる。

「や……あ……な、なにを……」

ディランの口に含まれた乳首が、彼の舌先で転がされていた。

前後左右、そして上から押しつけられ、下からすくい上げられる。そのどの動きでも、淫猥《いんわい》な感覚が駆け上がってきた。

「ああ……な、なんで……あ、あんんっ」

無意識にディランの髪を掴み、ユリアナは背中をのけぞらせる。

初めはリアルな感覚に驚き、恥ずかしさで困惑していたが、今は伝わってくる官能的な刺激に翻弄されていた。

（ただ舐《な》められているだけなのに……どうしてこんなに感じるの？）

やはりこれは幻覚の世界だからなのかと、困惑する。

これまで一度も、こんな経験をしたことがなかった。想像すらしたことがない淫らな感覚に襲われている。

清く気高い令嬢でいることを求められていたユリアナにとって、すべてが初めての経験だ。

すると、今度はちゅっと音を立てて、ディランから乳首を強く吸われた。

「あふぅ……ん」

甘い官能的な刺激と気持ち善さに、思わず声が漏れてしまう。

「ああ、かわいらしい色になった。硬さもいい」

乳房から顔を上げたディランが目を細めている。揃《そろ》った睫毛《まつげ》の下に見える緑色の瞳が、とても嬉しそうに光った。

「かたさ？　あっ……！」

乳房の頂点にあるユリアナの突起が、濃いピンク色になって上を向いていた。乳首がはしたなく勃起している。

「ほらね」

ディランが指先で押すと、押し返すほどに硬い。しかも、乳首を押されただけで、淫らな刺激が伝わってきて声が出てしまう。

「ふふ、かわいいね。ではこちらも……」

もう一方の乳房を軽く掴み、その頂点へ唇を寄せている。

「あ、もう、やめ……は、ふぅんっ」

首を振ったユリアナの目に、まだ薄桃色でふにゃっとした反対側の乳首が、ディランの口腔《こうこう》に消えていくのが映る。

「あああ……だ……めぇ……」

ふたたび官能の刺激がユリアナを包み込む。

熱くて淫らで、どうしようもなく気持ちがよい。

「こんなに硬くしているのに、ダメなの？」

ディランが問いかけたあと、舌先でユリアナの乳首を押した。もう一方の乳首が、人差し指と親指で軽く摘まれている。

「ひ、ああっ、そんなにしたら、ああ……いぃ……」

否定しようとしたが、二つの乳首から同時に伝わる快感は強かった。ユリアナは首を振りながら肯定の言葉を発してしまう。

「ふふ……よかった」

ほっとした笑みを浮かべている。

「こんなに美味《おい》しいあなたを、もっともっと味わいたいからね……」

ディランの手のひらが、ユリアナの脇腹に当てられた。足の付け根に向かって、すうっと撫《な》で下ろされる。

「は……ぁ」

くすぐったさと乳首に与えられている官能が混ざり合い、身体を捩《よじ》らせながらユリアナは悶《もだ》えた。

「綺麗な肌だ。あなたの肌が私の手に触れているのだと思うと、たまらなく嬉しいよ」

下腹部を擦っていた手がさらに下へ向かう。

（いつのまにか！）

ドレスのスカートを広げるパニエや下着のドロワがなくなっていた。ドレスも大きくはだけられていて、腰のあたりに布が残って揺れているだけである。

まるで魔法のように脱がされていた。

（夢の中だものね……）

すぐさまそう思ったが、夢にしては淫らな刺激がはっきりと伝わってくる。そんなことを考えていたら、乙女の秘められた場所にディランの指先が到達した。

「ああ……そこは……っ」

ダメだと言おうとしてユリアナは言葉に詰まる。もう乙女の純潔を守る必要はないのだ。しかも、これは死にゆく自分の幻覚か夢だ。

「少しだけ脚を開いておくれ」

ディランの指示通りにユリアナは太腿《ふともも》を左右に動かす。

「ああそうだよ。いい子だね」

すぐさまディランの手が滑り込んできた。

「っ！　んんっ」

感じやすい淫唇をなぞられ、官能の刺激にびくんっとする。初めて覚えた淫らすぎる刺激にユリアナは当惑した。

（や、やっぱり……）

純潔を守らなくていいとはいえ、恥ずかしいし恐ろしさもある。もうやめてとディランの腕を掴んだところ……。

「あああっ！」

敏感な秘芯に触れられて、強烈な快感に襲われた。

「ここ、いい？」

指の腹で円を描くようにユリアナの秘芯を擦りながらディランが問いかけてくる。

「ひ、うぅっ……」

初めて覚えた熱い刺激に翻弄され、肯定も拒否もできない。淫猥に触れてくるディランの手に、あられもなく喘《あえ》ぎ悶えるだけになっていた。

（ああ……どうして……）

閉じようとしていたはずの脚ははしたなく開き、ディランの指の動きを追うように腰が揺れる。

顔から火が出そうになるほど恥ずかしいのに、ディランの手を拒絶できない。

「色っぽい顔になってきた。そろそろここもいいかな」

乙女の秘芯から指を奥に滑らせた。

（そ、そこは）

淫唇の割れ目を彼の指先が開いていく。軽く抜き差しをしながら、指はユリアナの胎内へと進んでいった。

「は……う、ううっ」

純潔の乙女にとって、信じられない場所に指を挿れられている。ユリアナは羞恥と衝撃で、どう対処すればいいのかわからなかった。

「思った以上に溜《た》まっているね。とてもいい」

ディランからそこの状況を告げられる。

水の中なのに中がヌルヌルしているのを、ユリアナも感じていた。淫唇や秘芯を弄《いじ》られたせいで、官能の蜜が出ている。

「や……恥ずかしい……」

赤くなってユリアナは首を振った。金色の髪がふんわりと肩から浮き上がり、そこが水中であることを思い出させる。

だが今は、ここがどこであるかなどどうでもいい。

「はぁ、あん、ああ、奥は、だめ、か、感じる……」

蜜壺の奥に入り込んだディランの指が、ユリアナの蜜壁や奥を押すように擦ってくる。すると、擦られたところや押されたところから、ねっとりとした快感が発生し、それがどんどん強くなっていくのだ。

「おねが……い、お、おかしく、なって……しまいそう」

ユリアナはディランの肩にしがみつく。

「あなたの乱れる姿はため息が出るほど素敵だ。もっと見ていたいが……儀式を進めなくてはならないから……」

残念そうに告げると、蜜壺からディランの指が抜けた
「はぁ……」

苦しいほどの官能から解放されてほっとしたけれど……。

「や……っ！」

ユリアナの両膝裏が大きく左右に開かれた。純潔の乙女にとって限りなく恥ずかしい恰好《かっこう》である。

「力を入れてはだめだよ」

ディランは優しく言うと、ユリアナの秘部に熱い肉を押しつけてきた。

「ああ……」

ぬるぬるした淫唇が割られていく。

熱を孕《はら》んだ竿《さお》がゆっくりと侵入してきた。

圧迫感と苦しさが同時にやってくる。

「ひ、い、痛……ぃ」

ユリアナは顔を歪めて叫んだ。

「初めての儀式はどうしても痛むんだ。しばらく我慢しておくれ。挿入《はい》ってしまえば、すぐに善くな

るから」

慰めるようなディランの言葉が耳に届く。

「で、でも……そんな、大きいの……無理、あぁぁ」

ユリアナは首を振って訴える。金色の髪はぐしゃぐしゃに乱れて、公爵令嬢という優雅さは消えていた。

「少し大きいかもしれないが、辛《つら》いのは今だけだからね」

乱れた髪を優しく撫でながらも、ディランは凶暴な熱棒の侵入を止めてくれない。ユリアナの秘めたる場所を、引き裂くように挿れてくる。

「そ……んな……」

痛みで意識が朦朧《もうろう》としてきた。

（これは……幻覚ではないの？）

死にゆく自分が観《み》ている最後の官能的な夢のはずなのに、まるで地獄に引きずり込まれるような苦しさである。

そう思った時、ユリアナははっとした。

（わたし……地獄へ？）

自分は天国ではなく地獄へ堕《お》ちるのかもしれない。そういえば、天国へ行けるほど善い人間ではなかった。

けれど、地獄へ堕とされるほど悪いこともしていなかったはずだが、知らないうちになにか罪深いことをしていたのだろうか。

薄れゆく意識のなかで考えていたのだが……。

「――やっと奥まで届いた」

ほっとしたディランの声がして意識を戻される。

「おく……？」

うっすらと開いたユリアナの瞳に、美しい笑みで自分を見下ろすディランの顔があった。頬が少し上気していて、妖艶な色っぽさが加わっている。

「……あ……ん……」

目が合った瞬間、腰骨の奥から熱いものが背中を駆け上がった。乙女の狭隘《きょうあい》の中にぴっちりと収まっている彼の肉に、蜜壺の中が反応している。

辛い痛みは消えて、快感の熱が中から広がっていた。指を挿れられた時よりも高い温度の熱と刺激を感じる。

「あ、ああ、……どうして？」

ユリアナは目を見開き、ディランに問いかけた。

「どうかした？」

笑みを浮かべて問い返される。

「な……中が、んああっ、すごい、熱いのが、はぁぁ……」

どうしていいのかわからない快感に襲われている。

（熱くて、もどかしくて……）

唇を震わせながら、どうにかしてほしいとユリアナは訴えた。

「どうにか……か。では、これなら？」

ディランが少しだけ腰をひく。

ずるっという感じで、ユリアナの中で彼の熱棒が半分だけ抜けた。

「あっ、ううぅ」

竿先のくびれが蜜壁を刺激し、新たな熱を運んでくる。

「また挿《い》れるよ」

再び蜜壺の奥に向かって、熱棒が深く押し込まれた。

かあっと胎内に官能の熱が発生する。

「あああっ！」

恐ろしいほどの快感にユリアナは戦慄し、ディランにしがみついた。

「こ、こんなっ……だめ……」

喘ぎながら首を振る。

「だめ？　なぜ？　中はいい具合にうねっているけれど？」

不思議そうに問われた。

「だ……て、か、感じて……ど、どうすれば……」

ユリアナは涙目で訴える。

「感じているのなら大丈夫だよ。そのままでいればいい。あなたのいいところに当たると、私も同じように感じている」

「あな……たも？」

「人間とは相性が良くないと感じないと言われているが、あなたと私は普通以上に相性がいいようだ。もう少し速めてみるね」

ディランの腰の動きが激しくなった。

「ひっ、あ、だ、だめ、そんなに……したら」

断続的に突かれ、蜜壺の中からユリアナの全身に快感が伝わっていく。

「ああ、すごくいいよ」

嬉しそうなディランの声。

（な、中が……）

ユリアナは声も出せないくらい強い快感に縛られている。無垢《むく》な乙女にとっては抗《あらが》うことのできない刺激だ。

（わたし……どうなってしまうの？）

両脚をはしたなく開き、初めて会った男性と淫らに交わっている。それだけでも乙女のユリアナにとって衝撃的だ。なのに、そのことで快感を得て乱れてしまうなんて、高貴な身分の女性にあるまじきことである。

だが、これは現実ではない。

夢の世界だから、こんなふうになってしまうのだ。

とはいえ——。

あまりに淫らに感じすぎる。

本当の自分はとてもいやらしい人間だったからなのか。

身分や立場に縛られていて、それを知らなかっただけかもしれない。

そうでなければ、あられもなく乱れ、快楽に悶え喘ぐはずがない。

(最後だから……)

もう死んでしまうのだから。

自分は抑えていた欲望を解放しているのだ。

ユリアナはディランの背に手を回し、息を乱しながら彼を見上げる。ユリアナを見下ろす彼の美しい顔は、頬を染めていた。

「なんてかわいらしい姿なんだ。堪《たま》らない……」

うっとりした表情でユリアナを抱き締める。

（かわいらしい？）

彼の言葉に、胸が大きくときめいた。他愛のない言葉なのに、彼の口から発せられるとユリアナの胸に強く響いてくる。

「ん、はぁ……」

交わりが深まり、奥の方まで刺激された。

自分はこのまま、快楽の熱に包まれて死ぬのかもしれない。けれどそのことよりも、彼とひとつになって愛《いと》しまれていることに、喜びを感じていた。

「ひっ、あんっ、——ああああっ」

大きな喘ぎ声を発していても、恥ずかしくなくなっている。

力強い腕の中で、狂おしいほどの快楽に喘ぎ、彼とともに快楽の沼に溺れていた。その悦びに、ユリアナの心が満たされていく。

「そろそろ儀式の仕上げをするよ」

強く押し込まれた彼の熱棒から、ユリアナの蜜壺に精が注がれた。

「……っ！」

飛沫の熱さで、全身が快感に痺れる。

ユリアナの中に何度も彼の精が注がれ、そのたびに熱い快感に痙攣した。

「これで、あなたは私の妻だ」

目の前が真っ白になったユリアナの耳に届いた言葉に、安堵と幸福を感じる。

彼が身体の中から抜け出ていく。

手も身体もどこにも触れていないのに、苦しさを感じない。

死の世界に行ったのだ。

（これがわたしの最期なのだわ）

婚約破棄された惨めな公爵令嬢ではなく、海の王の妻になって幸福に終わることができてよかった
と、薄れゆく意識の中で思った。

第二章　偽りの婚約

ゆらゆらと身体が揺れる。

自分はまだ海の中にいるらしい。

溺れ死んで天に昇るのではなく、海の底に沈んでいる。

海にいる冥界の王さまに囚《とら》われてしまったに違いない。

自分の魂は、深くて暗い海の底で、永遠に眠るのだ。

——でも。

閉じている目の向こうに、光を感じる。

（明るい……）

少しだけまぶたを上げた瞳に、光が差し込んだ。ぼんやりと映っているのは、光沢のある布やふわふわなレースの布地。

海の中に宮殿はあったけれど、あんなふうにキラキラと輝く布や柔らかで繊細なレースはなかったように思う。

（あら……？）

海の中ではないと気づいた。

ユリアナは重い瞼《まぶた》を持ち上げて、目を大きく見開いた。

(ここは?)

驚きながら視線を巡らせる。

黄金のタッセルがついている重厚なゴブラン織りのカーテン。サーモンピンクの壁には金色に輝くランプと装飾。

見たことのある名画が見事な額で飾られていて、ティーテーブルの上にある食器類は王族が使うような豪華なものだ。

(どこ……?)

窓の形状やその向こう側に見える風景。そして自分の身体に感じる揺れ具合で、船の中にいるのがわかる。だが、これまで過ごしていた一等客室ではない。

別の船に乗っているのだろうかと思ったが、窓側の壁に『ミスティック マリーン』というエンブレムがかかっていた。ユリアナが乗っていた豪華客船の名前である。ということは、ここはあの船の中に違いないが、最高級と言われている一等客室より広く、そして豪華な設えだ。

(なぜわたしは、こんなところに寝ているのかしら)

少し前まで、海で死ぬような状況だった気がする。

でも、目を開いた瞬間に、記憶がどんどん曖昧になっていった。

不思議な夢を見ていたけれど、覚醒とともに消えていく。

「目が覚めたようですね」

起き上がったユリアナの横から男性の声がした。

(だれ?)

横を見たユリアナは、天蓋の影から現れた人物を見てびっくりする。

彼は艶やかな長い黒髪をひとつに結わえていた。滑らかな肌と通った鼻筋、揃った睫毛を持つまぶたの下に、深い海を思わせる緑の瞳がある。

とても美しい容姿をした青年だ。

「……あなたは……?」

この美しい青年に見覚えがある気がする。けれど、はっきりとした記憶はない。

「私はディラン・マクリル」

にこやかに名前を告げられた。

「ディラン……マクリル……」

どちらも聞き覚えがある。

「マクリル商会の経営者をしていて、この船のオーナーでもある」

「船のオーナー?」

それで聞いたことがあるのだろうか。この豪華客船が異国の船だというのは知っていたけれど、オーナーに会ったのはこれが初めてだと思う。

「覚えていないかな？」

少し残念そうに問われた。

「え……と、あの……」

ぼんやりとした記憶の中に、この美しい青年と何かをしていた気はする。けれども、思い出そうとしても頭の中に霧がかかったようになっていて、判然としない。

「海に落ちたのは？」

ベッドに座っているユリアナの顔を覗《のぞ》き込《こ》まれる。

「海に……？」

つぶやいてすぐ、深くて冷たい海に沈んでいく映像が頭の中に蘇《よみがえ》った。息苦しさとこのまま溺れ死ぬのだという絶望感と一緒に……。

（そうだわ。わたしは海に落ちたんだわ。でも、どうして？）

そこで、ハンスの顔が浮かび、はっとする。

「わたし……」

ホールで開かれていた夜会の最中にハンスから、平民令嬢のターミアと結婚したいからと、皆の前で婚約破棄を言い渡された。

公爵令嬢のユリアナは、バスクラン王国の女性の中で最上位にいる。未来の王太子妃、そしていずれは王妃になる女性として、誰からも傅《かしず》かれていた。

その自分が、外国の平民令嬢に婚約者を奪われたのである。

(そうだったわ)

ホールにいる人たちの前で大恥をかかされた。生きていたくないほどひどい衝撃を受けたことが、ユリアナの脳裏に蘇る。

「それで海に身を投げたの？」

顔を顰めてつぶやく。

「いや、船が揺れてよろけた拍子に落ちたんだ」

ディランが答えた。

「……よろけて？」

彼の言葉と、手すりを掴み損ねた記憶が重なる。

悲しい気持ちで海に沈んだけれど、自死をしようとした記憶はない。事故で落ちたと言われれば、そうなのかもと思う。

「デッキにいた私の目の前だったので、急いで海に飛び込んだんだよ」

「海に？　あなたが助けてくれたの？」

「救助隊が来るのを待っていたら、間に合わないと思ったのでね」

確かにそうだろう。ユリアナは泳げない。ハンスも溺れたことがあるので、水にはいっさい入らなかった。

「助けてくださって……ありがとう」

ベッドの上で礼を告げる。

（でも……）

ユリアナは表情を曇らせた。

（せっかく助かっても……これからは生き恥を晒《さら》して生きなくてはならないのだわ）

心の中でため息をつく。

この先、ユリアナには暗い未来しかない。婚約破棄をされたことはこの船の中だけでなく、寄港先から国内外に伝わるだろう。

どこへ行ってもユリアナの名を聞いただけで、婚約破棄された惨めな令嬢、という目で見られるのだ。

鬱々と考えていると……。

「もうひとつ、私の妻になってくれるという約束は……やはり覚えていないかな？」

落胆したような表情で質問された。

「は……？　妻？　わたしが、あなたの？」

ディランの言葉にぽかんとして問い返す。

「婚約破棄されたことで恥ずかしくて生きていけない。このまま死んだ方がいいと嘆いていた。それなら私の妻になってくれないかとお願いしたところ、受け入れてくれたんだが」

苦笑まじりにディランから返される。

「わたしが、平民のあなたとの結婚を……承諾した？」

まさかという表情でディランを見上げた。

そんなことを自分が受け入れるとは思えない。けれども、困ったような笑顔のディランからまっすぐに見つめられて、ユリアナの胸がドキッとする。

（な、なにかしら……）

この感じには覚えがある。ぼんやりとだが、夢の中でディランのような青年に見つめられ、ときめき、そしてあってはならない関係になったことを……。

「あれは夢よね？」

夢のはずだと思わずつぶやいた。

「ええ、夢ですよ」

ディランにさらっと返される。

「な、なぜ、あなたが……あれを夢だと言うの？」

ユリアナは怪訝な表情を向けた。

「海から助けたあなたは、死にたいというなされていて、ずっと夢うつつでしたから」

ここに運んでディランが介抱していたという。

「そ……そうだったの……」

おぼろげにそんな記憶がユリアナにもある。

「夢の中であなたは、私との結婚を受け入れてくれた」

「そ……そう……」

ぼんやりとだが、彼を受け入れることを承諾した自分の姿が脳裏に浮かぶ。夢うつつな中、自暴自棄になっていたのだ。

「でも、こうして意識がはっきりしたところでも、改めてお願いしたい。私の妻になってくれませんか」

ディランはベッドサイドの床に膝をつき、ユリアナの手を捧《ささ》げ持《も》って見上げた。

この青年と結婚の契りをしたのは確かなのだろう。夢と思っていたもののどこまでが本当なのかはっきりしないが、承諾してしまったのは事実のようだ。

とはいえ……。

「わ……わたしが婚約者から棄てられたことを、皆が知っているわ。そんな女と婚約したら、あなたが笑い者になると思うのだけれど？」

顔を顰めてディランに問う。

「心配には及びません。私はこれまでずっと、平民だと蔑まれてきました。笑われることなど気にしません。それに……」

ディランはユリアナの手を握ったまま立ち上がった。

「平民とはいえ私はこの船の主です。私の不興を買うことがあれば、王族でさえもこの船から追い出せますからね」

ユリアナに顔を近づけ、不敵な笑みを浮かべている。見つめてくる緑色の瞳が、吸い込まれそうに美しい。見つめられると胸のドキドキがどんどん速くなっていく。

「あ、あなたは……私を哀れんでいるのでしょう?」

彼の視線から逃れるように横を向いた。こういうことにユリアナは慣れていない。

ずっと王太子の婚約者であったため、他の若い男性と話をすることがほとんどなかったのだ。しかも、二人きりでこんなに近くだと、どうしていいのかわからない。

「この船の中でなら一番の力を持っている私と婚約すれば、あなたのプライドも守れます」

「ど、同情なんかで結婚してくれなくてもいいわ」

ユリアナは赤くなった顔を左右に振った。これほどまでに美しく、そして資産家なら条件のいい令嬢がいくらでも妻になるだろう。

「同情ではない」

握った手に力を込めて否定された。

「私には大国の王並みの資産がある。けれど、身分がない。伝統のあるバスクラン王国の公爵令嬢を妻に迎えたとなれば、どの国の貴族社会でも一目置かれるようになるだろう。平民だと肩身の狭い思いをしながら仕事をしなくて済む」

シェルラン公爵令嬢を妻に娶り、箔《はく》をつけたいということだ。

（そういえば……）

夢の中で、今と同じような内容をディランから言われた記憶がある。はっきりとは思い出せないが、この婚約はユリアナだけでなく、彼にとっても利益があるというようなことだった。

「とりあえず、この船が次の港に着くまで婚約者として過ごしてみてくれないか。それでどうしても嫌なら、婚約は解消して船から下りればいい」

取引を持ちかけられる。

「次の港まで……」

この船は小さな島などをめぐり、ちゃんとした港に着くのは十日くらい先だ。その日まで、平民令嬢に婚約者を奪われて王太子に棄てられた惨めな公爵令嬢と、船内で嗤われて過ごさなくてはならない。それなら、平民でもこの豪華な客船を持つディランの婚約者でいたほうがいいのかもしれない。

そんな打算的な考えが浮かんだが、公爵令嬢である自分のすることではないと、すぐさま心の中で首を振った。しかしながら、目の前にいる青年のことが、なぜかひどく気になる。夢の中とはいえ、一度契った相手だからだろうか。彼のことが気になるのと、ここでの生活のことを思うと……。

「わかったわ。次の寄港地まで、わたしはあなたの婚約者になります」

いけないとわかっているのに、彼の提案にユリアナは同意してしまった。

「ありがとう。嬉しいよ。これからはこの客室で過ごしてくれ」

「ここに？」

「一等客室よりも広い特別客室だから、ゆったりできると思う。嫌かな？」

「い、いいえ。助かります。とても……」

（ここは特別客室というところなのね）

ユリアナは貴族用の一等客室を使っていた。居間と寝室があるそれなりに広くて快適な客室であったが、ハンスの部屋の隣にある。

これまでも隣の客室から、ハンスと平民令嬢であるターミアとの楽しそうな話し声が聞こえてきて、いたたまれないことがあった。けれど、自分はいずれ王太子妃になり、王妃になるのだからと、ぐっと堪えていたのである。

しかしこれからはターミアがハンスの婚約者だ。ユリアナは棄てられた元婚約者として、彼らの声を聞かなくてはならない。廊下で彼らの姿を見ることもあるだろう。そのたびに、嫌な思いをすることになる。

この特別客室は彼らの部屋よりも上にあり、離れてもいるようだ。声が聞こえたり顔を合わせたりする心配はない。

バスクラン王国に戻れる船や汽車が出る寄港地まで、ここにいられるのなら助かる。

「ひとつだけ頼みがある」

承諾したユリアナにディランが声をかけてきた。

「なんでしょうか」

「今宵《こよい》、船主主催の夜会を開く予定なのだが、そこであなたとの婚約を発表したい」

「今夜？」

急なことに驚く。

「もしあなたの体調が思わしくないのなら延期するが、できれば早く皆に知らせたい。そうした方が、あなたがここで過ごしていても誰も疑問に思わないからね」

「それは……そうね……」

婚約破棄されたとはいえ、独身の公爵令嬢が婚約者でもない青年の客室にいるのだ。ふしだらだと、噂《うわさ》になる可能性は十分にある。

（十日間だけの婚約だけど、その方がいいわね）

「わかりました。えっと……ここへわたしの荷物を侍女に運ばせてもいいのかしら」

夜会に出るのならドレスの用意が必要だ。侍女も呼び寄せなければならない。

「それなら私の使用人に運ばせよう。専用の衣装部屋もある。あなたの侍女の部屋も用意するように命じておくよ」

（侍女の部屋まで……）

「ああそうだ。侍女たちにはかりそめの婚約であることは伏せておいたほうがいい。もし外に漏れるようなことがあっては、大変だからね」

この婚約が偽装であることが知られたら、船内だけでなくバスクラン王国中にユリアナの恥が伝わってしまう恐れがある。

「ええ、わかったわ」

慎重に行動しなければと思いながらうなずく。

「私は船長に話があるのでしばらく部屋を出ている。あなたはあんなことがあった後なのだから、もう少し休んでいた方がいい」

ユリアナの手の甲に軽く口づけると、ディランは客室から出ていった。

「なんて紳士的で優しい人なのかしら……」

平民とは思えない上品な振る舞いと、細やかな彼の心遣いに感動する。

婚約者だったハンスは、ユリアナに対して優しい気遣いなどいっさいしてくれなかった。高圧的で我が儘で、命令するだけである。

いずれ王になる人間には威厳も必要なのだからと、ユリアナは我慢していた。

(でももう、我慢しなくてもいいのだわ……)

気分が軽くなったのを感じる。

ほっとしながら、ベッドの上でしばらく横になっていた。

「わたし、昨夜海に落ちてから、朝まで眠っていたみたいね」

まったく眠くはない。

ユリアナはベッドから出て立ち上がった。

「あら……この服」

レースがふんだんに使われている高価そうな夜着を纏っている。自分が船に持ち込んだものではない。これもディランが用意してくれたのだろうか。

「あちらは居間……？」

寝室の外に視線を向けた。広く取ってある出入口の向こうに、長椅子やテーブルが置かれた部屋が見える。

「特別客室って広いのね……」

波が穏やかなのか船内はほとんど揺れていない。まるでホテルか宮殿の中にいるような錯覚を覚えた。

「このほかに書斎や食堂などがあるのね」

サイドボードの上にあった船内案内図を見る。ここは客室階の最上階をフロアごとすべて使っている。操舵室《そうだしつ》にも近いので眺めもいい。

「あれは？」

他の部屋よりも小さめな扉があった。

（衣装部屋か使用人部屋かしら？）

そっと開けてみると……。

「ユリアナお嬢さま！　起き上がっても大丈夫なのですか？」

開いた扉の向こうに、中年の女性が大きな箱を持って立っていた。

「あら、マーズ！」

ユリアナの侍女であるマーズである。

箱を持ったまま目を見開いていた。

「驚きましたわ。船から落ちてしまわれて、船中大騒ぎでした」

箱を置いて、ユリアナの方へやってくる。

「……心配をかけてしまったわね……」

「とても心配いたしました。でも、マクリルさまがお嬢さまを助けて下さって、本当に良かったです。お嬢さまを抱いて船に戻られた時は、皆が拍手で出迎えておりました」

「そうなの？」

「お嬢さまは気を失われていましたが、命には別状ないと診て下さったお医者さまからうかがっております」

ほっとした表情でマーズは胸に手を当てている。

「わたしが……あの……ハンスさまとの婚約を破棄したことは、知っているの？」

恐る恐る問いかける。

「もちろんですわ。そして、新たにマクリルさまとご婚約されることも、承知しております」

「もう聞いているの？」

「そうでなければ、荷物をここに運び込むことはございません」

マーズは振り向いて、積まれているユリアナの衣装箱に視線を向けた。

「それはそうね……」

「わたくし、とても良かったと思っております」

まっすぐにユリアナを見てマーズが告げた。

「よかった？　……殿下から婚約を破棄されたこと？　それとも、ディランさんとの婚約が？」

確認するとマーズはこくりとうなずく。

「婚約破棄についてです。ここだけのお話ですが、わたくし、これまでのハンス王太子殿下のお嬢さまに対する扱いに、不満を持っておりました。そして昨晩の、殿下の薄情な態度に……」

悔しげに唇を噛《か》みしめる。

「海に落ちたお嬢さまを助けるどころか、心配もせずにあの平民令嬢と殿下のお部屋で過ごされていました」

いつものようにいちゃいちゃとし始めて、聞こえてくる声にマーズは耐えられず廊下に出た。そこでユリアナが海に落ちたと騒ぎが起きていることに気づいたという。

焦ってデッキへ行くと、ディランがユリアナを抱いて海から上がってきたところだった。

「わたくしがお嬢さまの侍女であることをマクリルさまに伝えましたところ、このお部屋に運ばれたお嬢さまのお召し替えや、お世話を任せてくださいました」

「それでわたしは夜着に着替えていて、髪も、マーズがしてくれていたのね」

夜着に着替えて寝る際は結い上げた髪を下ろし、横にひとつに束ねるようにしていた。今もそうなっているのはマーズのおかげなのである。

「でもわたし、こんな夜着を持っていたかしら」

シェルラン公爵家はそこそこ裕福なのでそれなりの衣装を船に積んでいたが、ここまで豪華な夜着は持っていない。

「それはここの衣装部屋に用意されていたものです」

マーズは衣装部屋の奥にある引き出しを開けた。

「まあ、綺麗な夜着が沢山入っているわ。レースのガウンやシルクのストールまで……」

引き出しの中が煌《きら》めいている。

「ディランさまから、こちらのお衣装も好きに使ってくださいと言われております。あちらにはドレスもございます」

マーズが示した場所には、ユリアナくらいの女性が着るドレスがずらりと並んでいた。

「まあすごい……でも、どれも新品よね？」

誰か他の女性が使う予定のものではないのだろうか。だが、それをマーズに聞いてもわからないだろう。

「素晴らしいお衣装ばかりです。格もサイズもユリアナお嬢さまにぴったりですわ。マクリルさまが我が国の貴族でないことだけが残念ですが、この船の中ではお嬢さまに一番ぴったりのお方ではないでしょうか」

「そうかもしれないわね……」

この船の中では、ディラン・マクリルは王さまみたいなものである。

「今夜の夜会には、こちらのお衣装を召されたらいかがでしょう」

衣裳部屋《いしょう》に並んでいるドレスをマーズが示した。

「そういえば……夜会があるのよね」

この部屋で過ごすために、ディランとの婚約を皆に発表しなければならない。昨日のことを思うと気が重いが、避けては通れないことだ。

「こちらのドレスはいかがでしょう」

マーズが一枚引き出した。

「少し派手ではないかしら？」

手の込んだ刺繍《ししゅう》とレースがふんだんに使われ、小さな宝石や真珠がたくさん縫い込まれている。見るからに高価で豪華なドレスだ。

「お嬢さまは公爵令嬢なのですから、このくらいのドレスをお召しになるべきですわ」

「でもそういうのはハンスさまが……」

言いかけてはっとする。

ハンスはシェルラン公爵家が裕福であることを、快く思っていなかった。それゆえ、財力を見せつけるようなドレスをユリアナが着ることを嫌っていたのである。

だから夜会や昼食会に出る際には、格はあるけれども落ち着いたドレスを着て、装飾品も控えめにしていた。

だが、婚約を破棄されたのだから、我慢する必要はない。

「そうね。もう気を遣わなくていいのよね」

「このようなことになるのなら、シェルラン公爵家にある華やかな首飾りや宝飾品をお荷物に入れておくのでした」

残念そうにマーズがつぶやく。装飾品も控えめにしろとハンスから命じられていたので、大叔母の形見など装飾をおさえた大人しいものを持ってきていた。

「宝石類は一等客室の王族用金庫に入れてあるから、取って来ないといけないわね」

「そうでございますね。あら?」

衣装部屋の奥にある箱を開けたマーズが声を上げる。

「どうしたの？」

「ここに宝飾品が……。なんて大きなエメラルドの首飾りでしょう。こんなに綺麗なエメラルドを見たのは初めてです。周りのダイヤモンドや真珠も素晴らしいです」

「まあ、本当にすごいわね……」

箱の中を見たユリアナも驚きで目を見開いた。ティアラや首飾りなど、豪華な宝飾品が中にぎっしりと並べられている。

「そちらもお好きにお使い下さいませ」

ユリアナとマーズの背後から、女性の声がした。

振り向くと、初老の女性が立っている。白髪をひっつめていて、白襟のメイド服を着ていた。

「あなたは？」

ユリアナが問いかける。

「わたくしはドルリーと申します。ディランさまの侍女をしております」

前で手を重ねて、ゆっくりと頭を下げた。

「ドルリーさんはマクリル家で侍女長をなさっているそうです」

マーズから説明される。すでに顔を合わせていたようだ。

「よろしくお願いいたします」

頭を下げたままドルリーがユリアナに言う。

「そう……」

いつも通りつんとして踵を返そうとしたが……。

（もう未来の王太子妃として、気位の高い態度を取らなくてもいいんだったわ）

思い直してドルリーに向き直る。

「わたしこそ、よろしくお願いね」

にこやかに笑みを返した。

すると、頭を上げたドルリーからびっくりした表情で見返される。これまでユリアナは貴族にさえ笑顔を向けず、冷たい公爵令嬢と言われていたので、驚いているのだろう。

「も、もったいないお言葉」

ドルリーは再度頭を下げた。

「そんなに畏《かしこ》まらなくていいわ。もしわたしがディランさんと結婚したら、あなたたちと同じ国の人間になるのですもの」

この婚約は船にいる間だけのもので、寄港したら婚約は解消することになるかもしれないのだ。だが、それは二人だけの秘密なので、船にいる間は偽装であることを侍女たちにも隠さなくてはならない。

(騙《だま》してしまってごめんなさい)

心苦しいけれど、寄港するまでは致し方ない。


夕方。

船内の中央ホールから、厳かなワルツが響いてくる。

着飾った貴族や富豪たちが、続々とホールに集まってきた。艶のあるメイプルブラウンの床の上で、人々はダンスや談笑に興じている。

ホールの中央に、優雅な曲線を持つらせん階段があった。船長室や特別客室から直接ホールに下りられる専用の通路である。

「今日も沢山の人がいらしてますね」

手すりから下をそっと覗《のぞ》いたマーズがユリアナに告げた。

「そうね……」

昨日のことを知っている者ばかりだろう。あの中に下りていくのは気が重い。

「わたし、少し飾りすぎではないかしら」

ユリアナは自分を見下ろして問う。

華やかなレースのドレスには、宝石が鏤《ちりば》められている。そしてさらに、花のついたリボンや真珠などで飾られていた。髪もサイドから上を高く結い上げ、宝石の髪飾りや金色のレースをあしらっている。ユリアナの金髪は目立つので、こんな髪形にすることはなかった。ハンスの背よりも高くなってはいけないので、低い位置でしか結えなかったのである。

ディランはユリアナよりもずっと背が高いので、髪の高さに気を使わなくてもいい。装飾品も自由なので、今夜は大きなエメラルドとダイヤモンドの首飾りを付けていた。

「胸元がキラキラしていて眩《まぶ》しいわ」

「とてもお似合いですわ。ドレスも首飾りも、ユリアナお嬢さまにぴったりです」

両手を胸のあたりで組み、マーズがうなずく。

「このドレスと首飾りをすんなり身に着けられるのは、ユリアナさまが公爵令嬢でいらっしゃるからでしょうね」

マーズの隣にいたドルリーも感心しながらユリアナに告げた。

「ディランさんはもう下にいらっしゃるの？」

ユリアナが問いかける。

「いいえ、まだでございます。船長室で航路の打ち合わせがあるとおっしゃっていたので、終わられていないのでしょう」

ドルリーが船長室の方向に目を向けて言う。

「それなら、いらっしゃるまでここで待っていようかしら……」

ひとりで衆目に晒されたくなかった。

「そうでございますね。こちらに椅子をお持ちいたします」

ついでにディランの様子を見てくると、ドルリーが廊下を戻っていく。

「あ、あれは！」

マーズが小さく声を上げた。

「ディランさんがいらしたの？」

ユリアナが問いかけると、マーズは下を見て顔を顰めている。

「いいえ、……殿下が、いらっしゃいました……」

手すりを握り締め、低い声で答えた。

「……あの娘と一緒に?」

嫌な気分で問いかける。

「はい……ターミアさんもおられます」

マーズの答えに、下りなくてよかったと胸を撫で下ろす。

(でも……)

ターミアという名を聞いて、ひどく嫌な気分になった。昨日自分が海に落ちる前、ターミアとの間に何かあったような気がする。だが、ハンスがユリアナに対して暴言を吐いている姿は思い出せるが、その後は曖昧だ。

婚約者を奪われたからだとは思うが、なんだかモヤモヤとする。

人々が道を空けると、二人は王と王妃のようにその間を歩いていた。ホールの中央に来ると、向き合って手を重ねている。

これからダンスをするのだろう。

「品のないドレスですね」

マーズがつぶやく。

オーガンジーを重ねたピラピラなドレスをターミアが着ていた。頭にもオーガンジーで作られた大きなリボンをしている。

踊り出すと、ドレスがぶあっと大きく広がった。ハンスはこれまで、ああいう派手なつくりのドレスは嫌っていたはずである。

（あの娘ならいいの？）

自分には口うるさく禁じていたのにと、複雑な気持ちで彼らを見下ろす。

「まるで金魚のようですね。宝石も何もないから、ドレスで主張しているのでしょうか」

マーズが皮肉った。

「そうね……」

平民だしそれほど裕福そうではないから、あのドレスで精一杯なのだろう。そう思って見ていたユリアナだったが……。

「でもあれ、あの胸元に！」

ターミアの胸元に光るものを見て、驚いて声を上げた。

「まあ、本当に！」

マーズも気づいて目を見開く。

ターミアがつけていた首飾りは、前王妃であったユリアナの大叔母から、形見として受け継いだものである。

由緒あるものなので正装の際に身に付けていた。今回の船旅で付けることはないと思っていたが、万が一正式な装いをすることがあるといけないので、一応持ってきていた。一等客室の王族用金庫に預けていた中のひとつである。

「それがなぜ？」

王太子であるハンスは、王族用の金庫を開けることができる。しかしながら、ハンスの祖母はユリアナの大叔母の前に王妃だった女性だ。だからハンスと大叔母に血縁関係はないので、彼に所有権はない。

ユリアナは堪らず階段に向かい、ホールに向かって下り始めた。

『あれは』

『シェルラン公爵令嬢だわ』

『昨日海に落ちたユリアナさまよ！』

下りてくるユリアナに気づいた者たちが、驚いた表情で見つめている。楽団も演奏の音を落とし、ダンスの人たちは足を止めた。

「む、なんだ？」

異変に気づいたハンスが、怪訝そうな表情で皆が見ている方へ顔を向ける。

赤い絨毯《じゅうたん》が敷かれた階段を下りてくるユリアナに気づき、眉間に皺《しわ》を寄せて見上げた。

「ふん、死に損ない令嬢がなにしに来たんだ？」

口の端を上げ、笑いながら問われる。

ハンスの言葉を聞いてホール内がざわついた。昨夜のことを皆知っているので、その続きが始まったと思っているようだ。

見世物になっていることは辛いけれど、ここははっきりさせなくてはならない。

「なぜこの娘《こ》が大叔母さまの首飾りをしているの？　王族用の金庫に保管していたわたしの所有物ですが？」

強い気持ちでハンスに詰め寄る。

「僕が金庫から出してターミアに渡したんだよ。僕の妻になるのだから、このぐらいの首飾りがあってもいいだろう？」

当然という表情で返された。

「それはわたしの首飾りです。使用を許した覚えはありませんわ」

即座に言い返すと、ハンスは一瞬びくっとした。ユリアナが強く言い返したことなど、これまではほとんどなかったからだろう。

「お、王太子の僕に口答えをするとは、ふ、不敬だぞ！」

思い直したように怒って咎められる。

「でも……わ、わたしが大叔母さまから譲り受けたものですわ」

怯《ひる》みながらもユリアナはハンスに訴える。これまではこのケースだと、怒鳴られたら諦めて引き下がっていたのだ。

「おまえ」

反抗されたハンスは顔を赤らめてユリアナを睨《にら》みつける。ターミアがすうっとハンスの斜め後ろにきた。

「ハンスさま。わたくしは……首飾りなど、……欲しく、ないです。殿下がいてくれれば……それで……いいの」

悲しげな表情でたどたどしく告げると、ターミアは首飾りを外している。美しいターミアが瞳を潤ませていると、薄幸のヒロインという雰囲気が漂う。

『なんという健気《けなげ》な少女だ』

『あの高価な首飾りが欲しくないとは』

『顔と同じく心も美しい』

ホールにいた男性たちから感嘆の声が上がった。

「ターミア、おまえは天使のように無欲なのだな」

ハンスはメロメロというような表情で見下ろしている。ホールにいる人々も、ターミアに憐《あわ》れみの視線を向けていた。

（……こ、これって……）

ユリアナは強欲で意地悪な貴族の令嬢で、ターミアは無欲で天使のような娘という構図になっている。

「どうぞ……お返し……します」

階段下に立つユリアナへ、ターミアが首飾りを差し出した。

「……」

ここで首飾りを受け取ったら、ユリアナは強欲な貴族の令嬢だと皆に知らしめることになる。だが、受け取らないわけにはいかなかった。

(だってこれは、わたしのものだもの)

大叔母の大切な形見である。普通の装飾品とはわけが違うのだ。

「返して……いただくわ」

ユリアナは顔を上げ、首飾りに手を伸ばす。

「くす……」

押し殺したような笑い声が耳に届いた。

はっとして見ると、ターミアが口の端を上げている。ハンスや他の客たちはターミアの背後にいるので、この勝ち誇ったような笑顔はユリアナにしか見えない。

(なんて娘なの)

すべて計算ずくで清純な少女を演じていたのだ。

ここでユリアナが少女から首飾りを奪い返したら、やはり婚約破棄されるだけある強欲な人間だと皆が思うだろう。

ハンスも、自分が正しかったのだと主張するに違いない。

（そして、このあとディランさんとの婚約を発表したら……）

相手の財産に目が眩《くら》んだ強欲令嬢と身分が欲しい平民富豪との、欲得ずくの結婚だと嘲笑の的にされるに違いない。

ディランは身分が欲しいからだが、ユリアナは彼の財産が欲しいわけではない。でも、ここでターミアから首飾りを取り返したら、嫌でもそうなってしまう。

（大叔母さまの想《おも》い出《で》が詰まった大切な首飾りなのに……どうすればいいの？）

「返す必要などないよ！」

ユリアナが迷っていると、ハンスが大声で叫んだ。

「殿下……でもこれ、この人の、……なのでしょう？」

振り向いたターミアは、ユリアナに向けていたのとは全く違った困惑の表情で、ハンスに問いかけている。

「いや、違うよ。前王妃のものなんだから、これはバスクラン王家のものだ。ということはいずれ国王になる僕のものってことさ」

ハンスが胸を張って答えた。

『それはそうですな』

『首飾りが王家のものならそうね』

人々も納得する。

「違います！」

皆の声を打ち消すようにユリアナは声を上げた。

「これはわたしの大叔母さまが、前国王陛下に嫁ぐ際にお嫁入り道具としてシェルラン公爵家から持っていったものです！　シェルラン公爵家の家宝だったのです」

大叔母の私物であるとユリアナは訴えた。

『おお、それなら、所有権は公爵家にあるのでは？』

『じゃあハンス王太子殿下のものではないですわね』

『そうじゃな。王国にあるものがすべて王家のものというわけではないからのう』

皆の意見がユリアナ側に傾いていく。

「か、家宝だなどと、いい加減なことを言うな！　これは我が王家にあったものだ。おまえは首飾りをターミアから奪い返したくて、嘘《うそ》をついているのだろう」

人差し指をユリアナの方へ向けてハンスが断言した。

「嘘ではないわ！」

「では証拠を見せてみろよ！」

大声で返される。

「証拠?」

証拠なら、公爵家にいくらでもある。代々の侯爵夫人の肖像画には、この首飾りが描かれていた。公爵家の宝物目録にも記載されている。

だがここは、公爵家から遠く離れた海の上だ。

「今すぐには……出せないけれど……」

船上だから無理だとユリアナが告げる。

「ふん、どうせ証拠などないのだろう。嘘つき女め」

ハンスが罵りの言葉を投げつけてきた。

『あら、嘘なの?』

『証拠が出せぬようじゃ』

ホール内が再びざわざわする。

「わたくし、これ、いただいても……いいの?」

おどおどした表情でターミアがハンスを見上げた。ハンスがいいよと口を開きかけた時、彼のいる反対側から人影が現れる。

ターミアの手のひらに載っていた首飾りを、すっとつまみ上げた。

「あっ、わたくしの首飾りが!」

慌ててターミアが手を伸ばすが、手を高く上げられて届かない。

「ディランさん……」

首飾りを摘まみ上げた青年を見て、ユリアナが名前を口にした。

第三章　屈辱の首飾り

ディランが首飾りを頭上高く持ち上げて立っている。

彼の纏う長い上着は細かく刺繍が施され、金モールで飾られていた。袖からはシルクのレースが覗き、レースが重ねられた胸元のスカーフには、大きなエメラルドが輝いている。ユリアナが付けている首飾りと装飾がお揃いだ。

豪華な装いをした長身ですらりとした美貌の青年に、人々は驚きの眼差《まなざ》しを向けている。

「なんだおまえ！　返せよ！」

ハンスが足を前に踏み出し、ディランの前に立った。

「私はこの船の持ち主です。運航の責任者でもありますので、船内でのいざこざを無視するわけにはまいりません」

ディランの答えに、ホール内で低いどよめきが起こる。

『船主ってことは、あれがマクリル商会の若き経営者だと？』

『マクリルって大富豪よね？　すごく素敵な青年じゃない』

『この船に乗っていたなんて知らなかったわ』

『そういえば、特別食堂の廊下で見かけたことがあるぞ』

ざわめきが大きくなった。

「この船の持ち主だと？　ああ、平民の成金か。とにかくそれをよこせよ！　僕はバスクラン王国の王太子だぞ」

おまえとは身分が違うのだというふうに胸を張っている。とはいえハンスの身長はディランの肩くらいしかないので、威厳もなにも感じられない。

「お話は聞いていました。王太子殿下とはいえ、これを返すわけにはまいりません」

「なんだと？」

「この首飾りには、月桂樹《げっけいじゅ》と巻き貝の紋章が入っています。剣が交差するバスクラン王家の紋章ではないですよね」

ディランが問いかけた。

『月桂樹と巻き貝はシェルラン公爵家の紋章だ』

『ではやはり、あの首飾りの持ち主はユリアナさまなのね』

『嘘つきは殿下ってことなのか？』

ハンスとターミアに怪訝な視線が向けられる。

「くっ……そ、そんな首飾り、くれてやる。ターミア、かわいいおまえにはもっと似合う新品の首飾りをやるからな」

ハンスがターミアの肩を抱き寄せた。

「それに、こんなババアくさい首飾りは、婚約破棄された哀れな女にぴったりだよ」

ターミアを抱いたまま、ハンスがユリアナに暴言を投げつける。

「な……」

目を見開いたユリアナを、ターミアが笑みを浮かべて見た。あなたは棄てられた惨めな女なのよと言わんばかりの表情である。

『そういえば、そうだったな』

『確かにあの娘はかわいいからのう』

人々の視線が再びユリアナに移動した。憐れみと嘲笑が入り混じっている。どちらにしろ、公爵令嬢のユリアナにはいたたまれないものだ。

「確かにこれは地味ですが、希少な宝石と格式の高い彫金が施されています。公爵家に伝わるだけある素晴らしい首飾りですね」

ディランが首飾りをユリアナに手渡す。

「あ、ありがとう……」

大切な大叔母の形見が戻ってほっとする。

「でも、わたしが贈らせていただいたその首飾りも、とてもお似合いです。エディラ山で採れた希少な石なのですよ」

ディランが優しいまなざしでユリアナに告げた。

「これはエディラ山のエメラルドなの？」

驚きながら胸元を見下ろす。

エディラ山で採掘されたエメラルドは、世界最高品質とされている。しかしながら、危険な場所にあるために近年はほとんど採掘されていない。それゆえ年々価値が上がっていく希少なエメラルドなのだ。

いまユリアナがつけているものだけでも、バスクラン王国の国家予算に匹敵する価値があると思われる。

「美しいあなたにつけてもらえて、石も喜んでいるでしょう」

目を細めてユリアナに言う。

「なんでおまえがユリアナに首飾りを贈るんだよ！」

横からハンスが疑問を投げつけてきた。

「それは、この方が私の未来の妻になってくださるからですよ」

ディランはハンスへ向き直ると、笑みを浮かべて答える。

「なん……だと？」

ハンスは眉間に皺を寄せてディランに聞き返した。

『なんと！　シェルラン公爵令嬢が大富豪のマクリル氏と？』

ホール内は今日一番のどよめきに包まれる。

「嘘をつくな！　こいつは昨日まで僕の婚約者だったんだぞ！　それにおまえは、外国の平民じゃないか！」

人々のざわめきが消えるほどの大声でハンスが叫んだ。

「本当です。あなたが昨晩婚約を破棄なさったので、私が名乗りを上げました。私は平民ですが、おそらくあなたの国よりも資産があります。どんな王侯貴族と結婚するよりも、シェルラン公爵令嬢に豊かな暮らしをご用意できるでしょう」

落ち着いた表情と声音でハンスに返す。

「公爵の娘を娶って、平民以上の身分を手に入れようとしているのか。ふん、ユリアナにはそのぐらいしか利用価値はないからな」

ハンスがせせら笑う。ホール内にいる人々から、それに同調するかのような視線がユリアナに向けられた。

「身分など、どうでもいいことです。私はこの方の優しくて魅力的なところに惹《ひ》かれました。こうして婚約してくださったことが、夢のように嬉しい」

微笑《ほほえ》みながらユリアナの手を取った。

「ディランさん……」

彼の言葉は、二人の婚約を皆に正当化するための方便だろう。けれど、嘘でもこんなふうに熱い視線と甘い言葉を向けられて、ユリアナは嬉しさを感じた。

「優しくて魅力的だと？　こんなツンケンした女のどこが……」

口の端を上げて嫌味《いやみ》っぽい表情でハンスが笑う。

「この方の素晴らしさがわからないあなたこそ、哀れな方ですね」

ディランが横目でハンスを見下ろす。

「お、おまえ、誰に向かってものを言っているんだ。僕はバスクラン王国の王太子で、いずれは国王になるんだぞ！」

顔を赤くして憤慨している。

「でもここは海の上。バスクラン王国領ではございません。私はあなたの国の民でもございませんので、従う義務もないのですよ」

子どもに説明しているかのようにディランがハンスに告げた。

「そ……っ、そんなのわかってるよ！　平民のおまえに、王族に対する敬意を持つように教えてやったんだろ。感謝しろよ」

屁理屈《へりくつ》のようなことをハンスが言い返す。

「それはご丁寧に。ああ、せっかくの夜会に無駄な時間を使ってしまいましたね。さあ、皆さん気がねなく踊ってください」

ディランは楽団を促し、ユリアナの手を取ってホールの中央に向かう。

「すみません。少し強引すぎましたか？」

小声でディランから謝罪される。

「いいえ。助かりました。首飾りも、取り戻してくださってありがとう」

「よろしければ、ダンスをお願いしても？」

「え、ええ……でも、あまり上手じゃないけど」

これまでハンスとしかしたことがない。許されなかったからだが、ハンスからおまえは下手くそで嫌だと、ほとんど踊ってもらえなかった。

「私も苦手ですが、あなたとなら踊りたいのです」

甘い言葉とともに、楽団のワルツがユリアナの耳に届く。

（あら……）

ディランに手を取られて足を踏み出すと、すうっと滑るようにダンスに入れた。ホールの中をディランとともに踊りながら移動する。

「お上手じゃないですか」

ディランから褒められた。

「きっと、あなたのリードが上手だからだわ」

ユリアナの歩調に合わせて動いていてくれている。背の低いハンスとは違って、ディランの足がユリアナにぶつかることがない。

そんな二人のダンスに人々は目を見張った。

『あらまあ、なんて素敵なお二人』

『マクリル氏は平民とは思えない優雅さですな』

『そこらの貴族より上手じゃのう』

『殿下よりもお似合いじゃない？』

『私たちも踊りましょうよ』

二人の姿に触発され、皆もダンスを再開した。大叔母の首飾りやユリアナが婚約破棄されたことなど、もう誰の頭にも残っていない。

いや、ハンスとターミアだけは覚えていたが、すでに二人はホールから一等客室に戻ってしまっていた。


二人が夜会から特別客室に戻ったのは、深夜に近くなっていた。

寝支度を整えたユリアナは、特別客室の居間に向かう。

「ディランさん。今夜は色々とありがとう。大叔母さまの首飾りを失わずに済んで、とても感謝しています」

居間のゆったりした長椅子に腰掛け、グラスを傾けているディランに礼を述べる。

「私のことは呼び捨てでいい。その方が婚約者らしいからね」

グラスを持ったまま、顔を上げてユリアナに告げた。

「それでは、わたしのこともユリアナとお呼び下さい」

「うん。そのほうがいいね。ああ、私のベッドを使って休むといいよ」

寝室を手で示される。

「ディランはどうするの？」

特別客室とはいえ、寝室にベッドはひとつしかない。

「私はこの長椅子で休むから心配いらない」

「長椅子で？　他に寝室はないの？」

「一等客室に客用として予備があるけれど、婚約者と別々に休むのは不自然だからね」

「……それなら、ディランがベッドを使えばいいわ。わたしが長椅子で寝ます」

ここはディランの部屋なのだからそれが当然だ。

「公爵令嬢を長椅子で休ませるわけにはいかないよ」

ディランが首を振った。

「でも……」

「私のことは気にせず寝ていいよ。今夜は疲れただろう？」

笑顔で告げられる。

柔らかなランプの光に照らされると、ディランの美貌に妖艶さが加わった。若い男性に免疫がないからか、見ているだけでドキドキする。

「そ……それなら一緒に寝たらどうかしら」

ユリアナが提案すると、ディランが軽く眉間に皺を寄せた。

「あ、ご迷惑なら」

すぐさま提案を取り下げる。

「迷惑ではないよ。ただ、あなたにこれ以上近づいたら、私はきっと昨日のようなことをしてしまうから……」

言葉を濁された。

「昨日？」

思わず聞き返してしまう。

「うん。だから、あまり近くで寝ない方がいい」

ディランが困惑の笑みを浮かべている。

（昨日……ディランがわたしに……）

ユリアナの頭の中に、ディランとの夢が蘇った。

「わたし、あの……あなたと、け、結婚した夢を見たけれど……」

ディランはユリアナの言葉に、ゆっくりとうなずいている。

「どこまで夢だったの？」

確認するように問いかけた。

「あなたの中では……どこまでも夢だったようだね」

「……あなたの中では、現実だったの？」

どういうことだろう。

海の中でユリアナは死ぬほどの苦しみのなか、誰かに助けられた。助けてくれたのはディランによく似ていて、彼の妻になるのなら苦しくはなくなるというような、そんな話だったような気がする。

「あなたは夢うつつで私に、妻になるから助けてとしがみついてきた。それで……」

ディランは申し訳なさそうにうつむいた。

「私はあなたのことを素敵な女性だと、ずっと以前から思っていた。私に縋《すが》ってくるあなたの魅力に抗えず、夢うつつのあなたを騙すようにしてしまったんだ」

ユリアナは目を見開いたまま硬直する。

ディランの告白を聞いていると、確かにそのような記憶が頭の中に浮かんできた。しかもそれは、彼が強引にしてきたものではない。

取引に応じた自分が選んでいた。

「わたしは初めてを、あなたとしてしまったのね……」

王太子のハンスといずれすることになっていた婚礼の儀式だ。夢の中だったからか、とても甘く淫らで、官能的な記憶しかない。

「すまなかった。妻になって欲しくて、先走りすぎた」

ディランが頭を下げて謝罪してきた。それほどまでに公爵令嬢である自分を、妻にしたかったらしい。身分目当てとはいえ、求められることに悪い気はしない。

「どんな……ふうに……？」

頭を下げているディランを見下ろし、ユリアナが問いかける。

「えっ？」

驚いた表情でディランが顔を上げた。

「わたし、どのようにあなたと儀式をしたの？　よく憶《おぼ》えていないの」

「それを……口にするのは」

憚《はばか》られるとディランはうっすらと頬を染めて横を向く。

「言葉にできないのなら、いまここで……同じことをしてくれる？」

ユリアナの言葉に、ディランがはっとした表情で向き直った。ユリアナも心の中で、自分の言葉に驚いている。

（わたし、なんてことを……）

これは、昨晩夢で見た淫らな交わりを、再現しろと言っているのと同じだ。未婚の乙女が言うことではない。

しかしながら、現在ユリアナはディランの婚約者だ。婚約者同士が婚前に抱き合っていても咎められることはない。

純潔が求められるのは、国家の公式な儀式となる王族との結婚ぐらいだ。

「あなたがいいのなら私としては歓迎ですが、本当にいいのですか」

ディランがユリアナの顔をまっすぐに見て確認してくる。深みのある緑色の瞳に見つめられ、ユリアナの鼓動がドキンッと大きく打った。

「いいわ……」

深くうなずく。

「この先、ここであなたと過ごすのなら、夢の中での曖昧な記憶ではなく、本当のことを知っておきたいの」

顔を上げてディランに告げた。

「わかりました」

ディランが長椅子から立ち上がり、ユリアナの手を取る。

「では、こちらへ……」

寝室に向かった。

美しい青年に手を取られて、ユリアナは特別客室の寝室へといざなわれている。寝室に設えられた広めのベッドは、光沢のある天蓋《てんがい》に覆われていた。

寝室の扉を閉じると、ディランはユリアナを抱き上げる。

「こうして、あなたをベッドに寝かせたんだよ」

横抱きにしたまま天蓋をくぐり、ユリアナをそっとベッドの上に下ろす。ふわんとした心地のいいベッドだ。

仰向《あおむ》けになっているユリアナを、ディランが上から見下ろしている。

「まずはこうして、誓いの口づけをしたんだ」

彼の美しい顔がユリアナの顔に落ちてきた。この美しい顔が至近距離にきた記憶がある。

(でも、このベッドだったかしら)

すごく苦しかったのでよくわからない。でも、ディランとキスをしたことは頭に残っていた。恥ずかしさと苦しみから解放してくれた不思議な感じも憶えている。

「かわいらしい唇だ。何度味わっても美味しいね」

唇を離すと、ディランが微笑んだ。

「は……恥ずかしいわ……」

ユリアナは頬を染める。

「これからもっと恥ずかしいことをするのだけれど、忘れてしまった？」

ドレスの衿に手をかけながらディランに問われた。

「あ、あの……ああっ！」

戸惑っているうちに衿を開かれ、ユリアナの乳房が露《あら》わにされた。この恥ずかしさには記憶がある。

けれど……。

「は、あぁ、……そこ、そんなに……っ」

乳首ごと乳房を口に含まれ、もう一方の乳房を揉《も》まれてしまうと、すごく感じてしまった。

（これも……知っている……）

やはりここで、自分はディランとこういうことをしていたのだ。

「ああ、変わらず美味しいね」

ユリアナの乳首を嬉しそうにディランが吸っている。

「ん、んん、す、吸っては……ああ」

吸われるごとに高まるいやらしい快感に、ユリアナは身体を震わせた。

「あなたの身体を味わいながら、ここもこうして可愛《かわい》がったんだ」

乳房を揉んでいない方の手が、夜着の中に入っていく。ドロワの紐《ひも》が緩められ、するりとユリアナの脚に到達した。

「あ……あ、……なぜ……」

まるで魔法のようにディランの手はユリアナの肌を滑っていく。

「ふふ、ここは感じますよね？」

つっと乙女の秘部をなぞった。

「だ、だめ、そこは……」

強い刺激と羞恥を覚えて首を振る。

いつのまにかユリアナの脚が大きく開かれ、間にディランの身体があった。恥ずかしくても閉じられない。

「うっ……」

彼の指先が、ユリアナの淫唇をなぞりはじめた。

ぞくぞくするほどの快感を覚えて、ユリアナは戸惑う。

「少し湿ってきたね」

なぞっている彼の指がぬるりとしている。

「や、恥ずかし……い」

淫唇から蜜が漏れ出ていた。

「やぁぁ……」

首を振って羞恥を訴える。

「もう少し濡《ぬ》らさないとね。ここだと……」

淫唇を小水口から後孔まで、ディランの指が往復した。

（ここ……だと？）

昨日もここではないのかと思ったが、聞き間違いだろうか。けれど、そのことを確認するような余裕はない。

「ひっ、そこはっ！」

突然敏感な秘芯を摘まれて、強い刺激に思考を奪われた。

「ここもう硬くなっているね」

指の腹で秘芯を回される。ヒリヒリするほどの熱い快感が発生した。

「あああ、だめ、そこは、あんんっ」

ユリアナはあられもない声を発する。

弄られるごとに淫猥な刺激が高まり、身体が震えてどうしようもなくなる。

「いい反応だ。ここからも蜜が出始めた」

ディランは濡《ぬ》れ具合《ぐあい》を確かめると、閉じていた淫唇を指先で開いた。中からとろっと蜜が出て、それを掬《すく》いながら指を侵入させていく。

「……あっ、やぁぁ、中は……」

中に挿入《はい》ってきたディランの指に困惑する。一昨日まで純潔の乙女だったユリアナには、恥ずかしすぎる行為だ。

とはいえ、この淫らな感覚にも憶えがある。ディランの指がどんどん中に入ってきて、ユリアナの蜜壺に官能の熱を与え、とても感じてしまったのだ。

「ここをこうして可愛がると、悦《よろこ》んだのは憶えている？」

くちゅっくちゅっといやらしい水音を立てて、ディランの指がユリアナの蜜壺に出入りする。そのたびに、快感がどんどん増していった。

「お、憶えて……いるけど、恥ずかしい……ああっ」

悶えるユリアナを愉《たの》しむように、ディランが指で蜜壺に刺激を与えていく。蜜壁を強く擦られると声が止められなくなるほど感じた。

「はぁ、はぁ、か、かんじて、おかしく、なりそう」

高められていく官能に、ユリアナは翻弄されるばかりだ。胸の鼓動が速くなり、頭の中にまで響いている。

官能の高みまで、身体が押し上げられていく。この感覚にも憶えがあった。ディランによって、快感の頂点を越したのである。

だが、高みを目指そうとしたとき、ぷちゅっという音とともに、彼の指がユリアナの蜜壺から出ていってしまった。

「あ……」

あと少しというところで官能の刺激を失い、ユリアナは思わず目を見開く。

「ごめんね。このままあなたに気持ちよく達ってもらいたいけれど、昨晩の再現だから私を受け入れてもらわなくてはならないんだ」

ディランの言葉にはっとする。

（そうだわ……）

両膝裏を抱え上げられ、ユリアナの淫唇に熱い肉の塊が押しつけられた。

記憶の中に圧迫感が蘇る。

ディランの竿先が淫唇を開き、蜜壺の中へと侵入してきた。彼の肉棒は熱くてとても太い。憶えているとおり、入ってくる時に強い痛みと圧迫感がもたらされた。

痛くて苦しい儀式が始まる。

しかしながら……。

圧迫感はあるものの、ひどい痛みはない。彼はなにもかもわかっているというふうに、ユリアナの中に突き進んできた。

狭い蜜壺内に熱い肉がみっちりと詰められていく。下腹部が次第に熱くなってきた。当たる場所によっては、かあっと熱くなる。

「あ……熱い、あぁ……」

指で刺激された場所を中心に、蜜壺が官能の熱で満たされていく。

「いいね。二度目だと、スムーズだ」

嬉しそうなディランの声。

そして、蜜壺の最奥まで彼の竿先が到達した。

「あああ、すごい……熱が……」

「感じているね。こうすると、もっと感じるはずだよ」

腰を揺らして、蜜壺に挿れた熱棒を抽送しはじめる。

「ひ、あぁっ」

ディランの言うとおり、熱い快感が抽送の刺激で発生した。交接部分からぐちゅぐちゅと水音が発生している。

いやらしくてはしたない状況だが、構っていられないほどの快感に襲われていた。ディランを受け入れようと脚が開いてしまう。

(こ、こんなに……感じていた……の？)

淫らに悶え喘ぐほど感じていたのは憶えているが、これほどまでとは思わなかった。

「わ……たし、感じ……すぎて、おかしくなりそう……」

感じすぎてどうしようもなくなり、ディランに抱きつく。

記憶の中に同じ状況が蘇った。

(あれは夢ではなく、本当だったんだわ)

こんなふうに感じて、ディランに抱き締められて、自分は官能の頂点を越したのだ。

思い出した瞬間、ディランが小さく息を吐いている。

「中が締まったよ。たまらなくいいね」

「……ええ……わたしも……」

応えて彼の胸に顔を付けると、腰の動きが速まった。連動して蜜壺の中が熱くなっていく。快感の熱で蜜壁がヒリヒリする。

「ひっ……な、中が、や、灼《や》ける」

どうしようもない熱が腰骨から発生し、全身が快感で痺れていく。

「いくよ」

ディランの掠《かす》れた低い声。

ドキッとしたユリアナの中へ、ひときわ強く熱棒を挿し込まれる。

「ああっ！」

蜜壺に浴びせられるような熱が注がれた。

ディランの精が放出されている。

（あの時と同じ……）

思い出した時には、快感の極みに押し上げられていた。

「……！」

声も発せないほどの官能に達してしまう。

「このように結婚を誓ったんだが……思い出したかな」

達して茫然《ぼうぜん》となっているユリアナの耳に、ディランの声が届いた。

「ええ……思い出した……わ」

夢とは違う部分もあるけれど、ディランとこんなふうに淫らで熱く交わったことだけは確かに憶えていた。

『これで、あなたは私の妻だ』というような言葉や、婚約破棄された惨めな公爵令嬢ではなく、妻になって終わることができてよかったと思ったのも憶えている。

「私はあなたの婚約者でいいかな」

確認するように問われた。

「……そうね……妻ではなく婚約者としてなら、いいわ」

ユリアナはうなずく。

この船にいる間、ディラン・マクリルという資産家で美しい青年の婚約者でいる決心をした。お試しの婚約なのに身体の関係を持つのはどうかと思うが、この豪華な客室で過ごさせてもらう見返りと考えれば納得できる。おそらくディランもそういうつもりだろう。

これまでのユリアナは、ハンスの命令に縛られ過ぎていた。そのせいで、男女のことにおいて経験不足である。ダンスどころかキスさえも未経験だった。

（これからは、色々なことを知りたいわ）
ディランとなら、楽しく経験できる気がする。
（それに……）
こんなふうに愛情深く抱かれるのも悪くないと、ユリアナは彼の胸に顔をつけた。

第四章　新たな関係

海は荒れることもなく、良い天気が続いていた。

豪華客船のミスティック・マリーン号は凪《な》いだ海原を、ゆっくりと航行していく。

(午前中の船内はとても静かね)

夜会で遅くまで起きているために、皆まだ眠っている。

一等客室以上の者しか入れないデッキには、ユリアナと侍女のマーズしかいない。特別客室にも専用デッキがあるが、この時間は陽射《ひざ》しが強いのでこちらの方が過ごしやすかった。

「新しいお茶をお持ちいたしますね」

マーズがポットを持ってデッキから船内へと入っていく。ひとりになったユリアナは、ぼんやりと海を眺めながら、ディランのことを考える。

彼は早朝にやってきた航海士と、船長室へ行ったまま戻ってこない。陸でディランの会社に影響するような問題が起きているようだ。出かける際にユリアナへ、大したことではないと言っていたけれど、結局朝食の席にも戻って来なかった。

(何かあったのかしら)

自分は婚約者なのだから何でも話してほしいと思う。仮とはいえ、昨晩は本当の恋人や夫婦のように抱き合ったのである。

『これからも……私の婚約者として、寝てくれますか』

官能の余韻に息を乱しているユリアナへ、ディランが問いかけてきた。

大人の男女が同じベッドで過ごすのだから、今後も当然あるだろう。声も出せぬほどに感じてしまったユリアナは、うなずくことで承諾の意思を伝えたのだった。

『ありがとう』

嬉しそうな声とともに、ぎゅっと抱き締められる。

（……なんて心地いいのかしら……）

誰かに抱き締められること、誰かと一つになること、誰かと官能の頂点に昇ること、そのすべてにユリアナはうっとりした。

ディランとのことを考えただけで胸がときめく。相手は外国の平民で、両親が許してくれるかわからないのに、彼の顔を思い出しただけで顔が熱くなった。

（どうしてかしら……）

これまでそういう経験がなかったからかもしれない。男性経験がないから初めてのディランに惹かれるのではないか。

「――でも」

あれをハンスとすることを考えた瞬間、すうっと身体の熱が引いていく。

もしハンスとだったら、あんなふうに感じなかったと思う。傲慢なハンスは、おそらくユリアナのことを思いやることもなく、事を進めただろう。

そしてそれは、すごく屈辱的で辛いものだったに違いない。

（きっとこれで良かったのだわ……）

ディランとしてしまったことで、ユリアナは純潔ではなくなった。王太子妃になる資格を失い、ハンスとはきっぱり縁が切れたことになる。

以前ならそれは、大変な重罪のようにユリアナを苛《さいな》んだはずだ。でも今は、不思議なほど後悔を感じていない。むしろすっきりしている。

（船を下りたら、王太子妃になれないことをお父さまとお母さまに謝罪して、新しい人生を歩むことを伝えよう）

父公爵は、重臣としての立場が王宮で少し悪くなるかもしれない。だが、シェルラン公爵家は俸禄《ほうろく》に頼らなくてもいいほど裕福だ。ユリアナが王太子の婚約者でなくなったことで報酬を下げられたとしても、家が傾くことはない。それどころか、婚約者なんだからとハンスが要求してくる高額なプレゼントをしなくて済むようになる。

経済面ではかなり助かるだろう。

そんなことを考えていたら、背後で人の気配がした。

「こちらに座っていいかしら？」

隣のテーブルから声をかけられる。

（この声は……伯爵令嬢のメイリーンかしら？）

隣のテーブルに顔を向けると、相手はこちらを見てはっとした表情を浮かべた。ユリアナの予想通り、伯爵令嬢のメイリーンである。少し垂れ目で人懐こそうな顔つきが特徴だ。

「あ、ユリアナさま！　し、失礼いたしました、もっと向こうに移ります」

ブルネットの髪をサイドから後ろに結い上げた頭を下げ、座ろうとした腰を戻している。

「あらいいのよ、お隣にどうぞ。ここは海が綺麗に見えるわ」

にこやかにユリアナは返した。

「わ、わたくしに、ユリアナさまが笑顔を向けてお話をしてくださっている……な、なんて、もったいない」

メイリーンが恐縮している。

「もう殿下の婚約者ではないので、恐縮して敬語を使わなくていいのよ。これからは普通に接してちょうだい」

笑顔を崩さずに告げた。

王太子の婚約者だった頃なら無言で背を向け、謝りながら離れていくメイリーンを無視するような態度だっただろう。

（でもう、そんな必要はないのよ）

隣のテーブルについたメイリーンは、困惑の表情をユリアナに向けてくる。

「本当に、殿下との婚約を破棄なさるのですか」

恐る恐る小声で質問してきた。

「それはわたしではなく、殿下がお決めになったこと。だからもう、わたしもメイリーンと同じただの貴族の娘よ。ああ違うわ、外国人で平民のディランと結婚したら、貴族ではなくなりただの平民になるわね」

笑いながら告げる。だが、

「ユリアナさまが平民と結婚だなんて、ありえませんわ」

とんでもないという顔で言われた。

「どうして？」

顔をかしげて訊《たず》ねる。

「確かにマクリル氏は大富豪で、このお船も素晴らしいですけれど、身分が……」

メイリーンが口ごもった。

「身分より人柄が重要じゃないかしら。ディラン自身もこの船のように豊かでおおらかで、素晴らしい方なのよ」

ユリアナが説明する。

「……そうですね。昨晩の首飾りの件でそれは感じましたわ。身分はなくともここでは最上級の権利を持っているのに、傲慢なところがなくて人格者だと感じました」

うなずきながらメイリーンがユリアナを見つめる。

「わたしの婚約者のことをわかってもらえて、よかったわ」

ほっとして微笑む。

仮とはいえ、自分の婚約者を悪く言われたくない。そんなユリアナの返事に、メイリーンは改まった表情を浮かべる。

「なによりわたくし、ユリアナさまのことを誤解していたのだと、気づきました」

「わたしの？」

「バスクラン王国一の名家であるシェルラン公爵令嬢でいらっしゃるから、わたくしたちのような格下の貴族とはお話をなさらないのだと思っておりました。でもそれは、王太子妃になられるからだったのですね。知らずに気位の高い方だと決めつけていてすみませんでした」

メイリーンは申し訳なさそうな表情でユリアナに謝罪した。

「あなたの言う通りよ。わたしはツンケンした気位の高い人間だったわ……でも、婚約破棄されたことで、あんな態度は見苦しいだけだと気づいたの」

ユリアナは苦笑を浮かべて言う。

「そこにお気づきになるのも、さすが公爵令嬢です。わたくし、午後のサロンでこのお話を皆に伝えますわ」

人懐こい笑顔を浮かべてユリアナに告げた。

「サロンとは？」

この船に乗ってから、初めて聞く言葉である。

「貴族の若い女性の集まりですわ。談話室の横にあるお部屋で、おしゃべりしながらお茶を飲むんです。流行のドレスやお化粧方法とか、他愛《たあい》のない内容ですけど」

「そんな集まりがあるのね」

ふぅんという感じでうなずく。

「船旅も長く続くと飽きてしまいますもの。そうだわ、よろしければユリアナさまもご一緒にいかがですか？」

メイリーンから一緒にサロンへ行かないかと誘われた。

「わたしがサロンに？　迷惑にならないかしら」

「大丈夫ですわ。皆もきっと喜びます」


その日の昼食は、ディランとともに特別客室の食堂で摂《と》った。そこは船の後方にあって、大海原が見渡せる。

「あの……貴族の令嬢たちが集まるサロンがあるのだけれど、午後に行ってもいいかしら」

食事を終えたユリアナは、先に食べ終えてお茶を飲んでいるディランに訊ねた。

「もちろんだけど、なぜ私から許可をもらうのかな」

首をかしげて返される。

「え……？　あ、あの、夫になる方にうかがうものではないの？」

これまで、新たなことをしたり新たな場所に行ったりする場合、婚約者だったハンスに言わなくてはならなかった。

「あなたがやりたいことに、私の許可はいらないよ。でもまあ、行き先を伝言してもらえると助かるかな。いなくて心配することがあるからね」

「わたしの好きにしていいの？」

目を見開いて尋ねる。

「もちろんだよ。サロンは、談話室の横にある部屋でするのかな？」

「ええ、そう聞いているわ。ディランはサロンを知っているの？」

「まあ船主だからね」

存在だけは把握しているという。

「そうだったのね。わたし、何も知らなくて……」

ユリアナはしゅんとした。

「でも招待されたのだから、良かったね。ちょうど今朝、補給船から物資が届いている。その中にルクセルク公国の焼き菓子が入っていたから、手土産に持っていくといい」

「まあ、ルクセルクの？　船の上でいただけるなんて素敵だわ。ありがとうございます」

ディランの気遣いに感謝する。

「サロンまで送っていってあげたいけれど、午後も急ぎで処理することがあってね」

申し訳ないと謝罪された。

「いいのよ。遊びに行くだけですもの。それより、今日は朝から忙しそうね」

「補給船は物資の他に情報も積んでくるからね。船長やマクリル商会の者たちと討議をしなければならない事案があった」

補給船が来た日だけは特別に忙しいのだという。

「わたしだけ遊んでいて、心苦しいわ」

「あなたは乗客なのだから気にすることはないよ」

存分に楽しんでくれと返された。

「だけどわたしは、婚約者だもの」

他の乗客たちとは違うと訴える。

「嬉しいことを言ってくれるね……こんなにかわいらしくて魅力的な笑顔を向けられたら、サロンに行かせたくなくなるな」

ディランは立ち上がると、テーブルを回り込んでユリアナの側に来た。

「え……あの……？」

腰をかがめてユリアナの耳元にディランが顔を近づけてくる。

「午後は二人で、ベッドで過ごそうか」

掠れた低い声で囁《ささや》かれた。色気を孕んだディランの言葉に、ユリアナの胸がドキンッと大きく鼓動する。

（ベッドで過ごすって……）

昨夜の熱い交わりを思い出し、顔が紅潮した。

「あなたは嫌かな？　サロンに行きたい？」

さらに問いかけられる。

「わ、わたしは……あの……」

それでもいいというふうにうなずいてしまった。

「ふふ、冗談だよ」

ディランが笑う。

「わ、わたしを、からかったのね」

（ドキドキしてしまったのに！）

ユリアナはふくれっ面でディランを睨む。

「ああごめん、怒らないでおくれ。あなたと一緒にいたいのは本当だよ。でも、夜まではどうしても無理なんだ」

膝を折ってユリアナの目線まで顔を下げた。

「もう……。でも、ルクセルクのお菓子に免じて、許して差し上げるわ」

ユリアナはつんっとした笑みで返す。

「ありがとう。ではまた夜に」

ほっとした表情でユリアナの頬にキスをすると、ディランは食堂から出ていった。長い髪と上着を翻して歩く彼の後ろ姿は、颯爽《さっそう》としている。

(素敵ね……)

心の中で思わずつぶやいてしまう。

彼が上級の位を持つ貴族だったら、ユリアナにとって理想的な結婚相手だ。偽装婚約ではなく、本当の婚約者にできる。

けれども……。

(もしそうだったら……わたしを選んだりしないわよね)

彼にもし爵位があれば、王太子に捨てられた気位ばかり高い公爵令嬢よりも、メイリーンのような人懐こい伯爵令嬢や華やかな美貌を持つ侯爵令嬢などを妻にするだろう。

ディランは平民だからこそ、公爵令嬢のユリアナを妻にしたいのだ。

(わたしだって……)

船主であるディランを利用している。身分と財力という利害関係で、二人は一時的に結ばれているだけだ。

ディランが平民である以上、本当に結婚することはない。偽装婚約までなのである。

ユリアナはサロンの前まで来ると、足を止めた。

「本当にユリアナさまがいらっしゃるの?」

入口の扉が少し開いていて、中から疑う声が聞こえてくる。

「今日の朝、デッキでお約束してくださったわ。パメラ」

メイリーンの声がした。

「きっとからかわれたのよお。シェルラン公爵令嬢が、私たちを相手にするわけないでしょ。ねえエレナ」

ちょっとバカにした言い方でパメラという女性が言う。

「パメラの言う通りかもしれないわね。あたくしたちを見下している方ですもの」

落ち着いた女性の声。おそらくエレナとは、フォボル侯爵令嬢に違いない。上級貴族の令嬢たちの中でも上位に入る身分だ。

二人の令嬢が否定的な言葉を告げている中、サロンの中に入るのは勇気がいる。ユリアナは大きく息を吸い込んだ。

「こんにちは。サロンはこちらかしら」

笑顔を浮かべて扉を大きく開いた。

「シェルラン公爵令嬢！」

パメラが声を上げる。

「まあ……本当だわ」

エレナが目を丸くしていた。

サロンにいる五人ほどの女性たちも、驚きの表情で入口にいるユリアナを見ている。

中央に円形テーブルがあり、その周りに椅子が置かれていた。昼のドレスを纏った令嬢たちが、囲むように座っている。

親しくしている者はいないが、ほとんどが見知った顔だ。

「ユリアナさま！　やっぱり来て下さったのですね」

嬉しそうにメイリーンが駆け寄ってくる。

「お招きありがとうメイリーン」

「いらしてくださり、ありがとうございます。どうぞ中へ」

メイリーンがいざなうと、サロンの上席に椅子が増やされた。ここで一番の身分を持つ侯爵令嬢のエレナの横である。

ユリアナが席に着くと、続いて侍女のマーズが入ってきた。

「失礼いたします。こちら、皆さまへお差し入れでございます」

大きめのトレイをテーブルに置くと、銀色の丸い覆いを持ち上げる。

「まあこれは！」

「ルクセルクのお菓子だわ！」

「予約すら取るのが難しいのに、こんなにたくさん」

「船内でこれをいただけるなんて夢のよう」

皆がテーブルに乗り出し、感嘆しながら見つめている。

「今朝到着した補給船で届いたのを、船主であるディランが持たせてくれたの。皆でいただきましょう」

ユリアナが告げると、マーズがお菓子をお皿に取り分け始める。

「ではわたくしたちは新しいお茶を……」

他の令嬢の侍女たちが、お茶の淹《い》れ替えを始めた。

「ありがとうございますユリアナさま」

「ユリアナさまとお菓子をいただけるなんて、夢のようだわ」

令嬢たちは嬉しそうにお菓子を食べ始めている。

「もう殿下の婚約者ではないので、これからは気軽におつきあいしてくださいね」

皆の顔を見渡しながら告げた。

「も、もったいないお言葉」

「私たちに、微笑んでくださっているわ」

畏れ多いというふうにパメラが恐縮している。

「あたくしたちは皆、ユリアナさまは王太子妃になられるとずっと思っておりました」

残念そうな顔をエレナから向けられた。ユリアナと同い年だが落ち着いた性格で、知的な雰囲気を持っている。

「皆も知っての通り、ハンス殿下がわたしではない方をお選びになったの。わたしにはどうすることもできないし、もう終わったことよ」

気にしないでと首を振った。

「殿下の婚約者でなくなったとしても、ユリアナさまは公爵令嬢ですわ。気軽になんてとてもとても」

パメラが肩をすくめる。

「身分のことは気にしないでいいわ。それに今のわたしが婚約した方は、貴族ではない外国人ですもの」

「……本当にマクリル氏とご結婚なさるのですか」

エレナが心配そうに問いかけてきた。侯爵令嬢の彼女にとって、ユリアナとディランの婚約には戸惑いがあるのだろう。

「ええ。とても素敵な方なのよ」

「それは……わかります。世界一と言われているこの船の所有者で、海洋貿易王とまで呼ばれている富豪ですし……」

エレナが口ごもる。

「しかも、あんなに若くて美丈夫な青年だなんて、ユリアナさまを助けられた時まで私たちも知りませんでしたわ」

パメラが明るく口を挟む。

「わたしもあの時に初めてディランを知ったのよ」

お茶のカップを持ち上げながらユリアナが答えた。

これまで船主であるディランは、一般の乗客の前にほとんど姿を現していない。マクリル商会の若き経営者が船主だという噂のみだった。

「命の恩人が大富豪で美青年だなんて、ロマンだわあ」

パメラがうっとりしながら宙を見つめる。

「確かに、物腰も優雅ですわよね」

エレナもうなずいた。

「それよりもいったい……あの人は何者なのでしょう。突然やってきて、ユリアナさまから殿下を奪うなんて……」

メイリーンが眉間に皺を寄せて皆に言う。

ハンスの相手であるターミアのことのようだ。

「殿下は命の恩人だとおっしゃっていましたけど、そうなのですか？」

パメラがストレートに問いかけてきた。

「それをユリアナさまに質問なさるのは失礼よ」

エレナがパメラを窘《たしな》める。

「す、すみません」

はっとして謝罪した。

「いいのよ。わたしも疑問に思うことがあるもの」

柔らかな表情で返す。

「やはりそうなのですね。あの方は、本当に人魚なのですか」

まさかという感じでパメラが言う。

「それは……よくわからないの」

ユリアナは困惑の表情で首を振った。

そして、皆に事情を話しはじめる。

＊＊＊＊＊

あれはこの船に乗る前の週のことである。

「今度我が国から出航する船に、おまえも乗せてやる。世界一大きい豪華客船で、一か月の船旅だ。おまえ乗ったことがないだろう？」

得意そうな表情で王太子のハンスがユリアナに問いかけた。ミスティック・マリーンという名の豪華客船が、バスクラン王国の港を出発点として航海を行う。大海に面した外国を訪れる遊覧クルーズで、バスクランの主な貴族や富豪が乗客ということだ。

「大きな船は、初めてです」

大型のヨットならシェルラン公爵家も所有している。けれど、ユリアナは泳ぎができず海が苦手なので、ほとんど乗っていない。

「そういえば、おまえの家にも小さな船があったな。だが今度乗るのは、あれとは比べものにならない大型客船だぞ」

「そのようですね。でもわたしは船が苦手なので、ご辞退を……」

と、ユリアナが言いかけたのだが……。

「あ、そうだ！」

ハンスが閃《ひらめ》いた表情でユリアナの言葉を切った。

（なにかしら……）

こういう時は、とんでもない事を言い出すことが多い。

「明日、訓練航海をしよう」

「訓練とは、どういうことですか？」

やはりという内容が聞こえて、ユリアナは問い返す。

「事前に乗って船に慣れておくんだよ。僕もしばらく船に乗っていなかったからな。訓練にはおまえの家の船を使うぞ」

「そんな突然……」

「訓練は突然の事態に対処するためにするものだ。つべこべ言うな。明日やるからな！」

ハンスは一度言い出したら、やらなければ収まらない。即座に宰相を呼びつけ、シェルラン公爵家のヨットを港に用意させるように命じている。

だけど……。

翌日は風が強く波が高かった。

港に停《と》めてあったシェルラン公爵艇は、大きく上下に揺れている。

「本日は波が高いので、お止めになった方がよろしいかと」

シェルラン公爵がハンスに提案した。

「このぐらいの波がなんだよ。乗るぞ！　ユリアナ、おまえもさっさと来い！」

ハンスとユリアナを乗せたヨットは出航する。岸壁ではシェルラン公爵や宰相が、心配そうに立って見送った。

「きゃあぁ……」

ユリアナはギャレーの中で、手すりにしがみついたまま動けない。船は木の葉のように波間で揺れていた。

「殿下！　このままでは転覆してしまいます」

操縦士が悲愴な顔で叫ぶ。

「もう戻りましょう」

補助員が操縦席の横にいるハンスに提案した。

「ま、まだ出たばかりじゃないか。向こうの島までは行くぞ！」

横から手を出して、ハンスが舵《かじ》を大きく切った。

「あ、そのように舵を切っては！」

「う、うわあああっ！」

船は大きく斜めに倒れ、大きな弧を描きながら走る。外向きの力がかかり、操縦席にいたハンスは、勢いよく船外へ弾《はじ》き飛《と》ばされた。

「ハンスさま！」

海へ振り落とされるハンスの姿がギャリーの窓に映り、ユリアナは慌てて外に出る。大揺れのデッキから海を見つめた。

「大変だわ！」

ハンスは泳げない。

「殿下が海に落ちたぞ！」

「どこだ？　どこに落ちられた？」

操縦士と補助員が叫びながら海を覗き込む。

「あ、あそこよ！」

ユリアナが指で示す。ヨットの後方に手が見えていた。

「あそこは危険だ。スクリューが近い」

巻き込まれたら大ケガをするので、助けにいくにはリスクが高い。操縦士たちがスクリューを止めようとしている間に、ハンスの手が海中に消えた。

「そんな！　助けないと！」

ユリアナはヨットに装備されている浮き輪を急いで外そうとする。

「あれはなんだ？」

操縦士の声がした。

「誰かが殿下を！」

という補助員の声も聞こえて、ユリアナは振り向く。すると、何者かがハンスを抱えて泳いでいるのが見えた。

長い髪が光っている。

ハンスを抱えて泳ぎ、近くの浜に上がっていた。

ユリアナたちを乗せたヨットも、彼らを追って浜に上陸する。

「ハンスさま！」

ヨットから飛び降りると、ユリアナはハンスのいる方へ走った。操縦士と補助員が医者と助けを呼びに行くと叫んでいる。

ユリアナだけがハンスのところに着いた。

長い髪の人間がハンスの胸を押していたが、風で砂が舞っていてよく見えない。

「ごふっ！」

ユリアナが彼らのところへ着いた時、ハンスが水を吐いた。息を吹き返したハンスが、うつぶせになりながらげほげほと咳《せ》き込《こ》んでいる。

「ふぅ……」

と息を吐いて長い髪の人物は立ち上がった。

「あなたは……？」

（男性？　女性？）

とても美しい顔立ちをしているようだが、風が強く顔が長い髪に隠れて見えない。服は緑色のヒラヒラとした長衣のようなもので、濡れているからか髪と同じく煌めいている。

一瞬人間ではないのかと思ったが……。

「まあ！　腕から血が」

肘のあたりが血で染まっていた。おそらく、ハンスを助けた際にヨットのスクリューに当たったのだろう。

「○△□×……」

長い髪の人物は傷を見て、知らない言葉を発しながら首を振っている。ユリアナに指摘されて初めて気づいたらしい。

背の高さや肩幅から、外国の男性のようだ。

「そのままではいけないわ。ちょっと待ってね」

ユリアナは胸元のリボンを解くと、彼の肘に巻き付ける。

「これで血が止まるといいのだけど……」

ユリアナの言葉がわかるのか、こくりとうなずいた。

「ああ、血がリボンに滲《にじ》んできたわ。痛むでしょう？　もうすぐお医者さまが来るわ。それまでの辛抱よ」

「げほほほほっ、ぐ、ぐるしいっ！」

ユリアナの背後でハンスが叫んだ。振り向くと砂の上に嘔吐《おうと》している。

「ハンスさま」

彼の元に行き、背中をさすった。

「お、おまえのせいで、こんなことにっ！　げほっ、げえっ」

吐いたり咳き込んだりしながらハンスがユリアナに悪態をつく。ユリアナは何もしていないが、シェルラン公爵の船のせいでこんなことになったのだと思っているようだ。

「わたしは何もしておりません。それより、助けてくださった方にお礼を……あら？」

振り向いた先には、誰もいなかった。

「なぜ？」

広い砂浜に、人影はどこにもない。近くに岩も何もないので、逃げ隠れするのは不可能だ。ただ、海の中ならば身を隠せる。

「でも、ありえないわ……」

あのケガで荒れた海に入るはずがない。きっと風のせいで見失ったのだ。そう考えて、ハンスの救護に集中する。

幸いハンスは大事には至らず、すぐに元気を取り戻し通常の生活に戻った。予定していた豪華客船にもそのまま乗る事になったのだが……。

「わたくしも……ご一緒させて……いただけませんか」

船に乗ってすぐに、美しい少女がハンスの元にやってきた。

長いストロベリーブロンドの髪が濡れたように輝き、アクアマリンを思わせる青い瞳と透き通るような白い肌をしている。

「君は？」

少女の美しさにぼうっとなりながらハンスが問いかけた。

「あの……わたくし、ターミアです。憶えて……ないの？」

片言のバスクラン語で告げながらこちらにやってきた。ひょこっひょこっと変なリズムで足を運んでいる。

（足が悪いの？）

まるで見えていないかのようにユリアナの前を通り過ぎると、ハンスの前でターミアがよろけた。

「おっと！」

ハンスがターミアの抱き止めるように両腕を掴んだ。

「ありがとう……殿下……」

ハンスに抱きつき、微笑みながら礼を述べている。完璧に作られたお人形のように美しく、そして声はとてもかわいらしい。

「それで、僕は君といつどこで出会ったのかな？」

優しくハンスが問いかけた。ユリアナには一度として向けたことのない表情と声音である。

「海で……殿下、溺れていて……わたくしが……助けた」

ターミアの言葉に、ハンスは驚愕《きょうがく》の表情を浮かべた。

「あの時僕を助けてくれたのは、君だったのか！　まさかその足は、僕を助けた際にケガをしたせいか？」

ハンスはターミアの両腕を掴んだまま。彼女の足を見下ろす。

「……はい」

ターミアはこくりとうなずいた。

（なんですって？）

二人のやりとりを聞いていたユリアナは、驚きで目を見開く。

海でハンスを助けたのは、このか弱い少女ではない。もっと背の高い青年だ。そして、助けた際にケガをしたのは肘であって足ではない。

「違うわ！　殿下をお助けしたのは、この娘ではありません！」

ユリアナが割って入る。

「なんだと？」

ハンスが怪訝そうな表情をユリアナに向けた。

「ひ……こ、こわい……殿下……」

ターミアはブルブルと震えながらハンスにしがみついている。

「突然大声を出して、僕の命の恩人を糾弾するとはなにごとか！」

ハンスがユリアナを叱りつけた。

「でも、あの時にお助けしたのは……」

「わたくしです……しんじて……でんか」

ハンスの後ろに回り、弱々しい声音で訴えている。

「ああ、わかっている。僕もちょっと憶えている。あの時助けてくれたのは、君のような美しいひとだった」

優しい表情でうなずきながらターミアに告げると、ユリアナの方に厳しい目を向けた。

「これ以上命の恩人を愚弄したら、婚約者であっても許さないからな！　わかったか！」

人差し指を突きつけ、仁王立ちになってハンスがユリアナに命じたのである。

「……」

言葉を封じられたユリアナを見て、ハンスの後ろにいたターミアが口の端を上げて笑っていた。

（えっ？）

ユリアナにしか見えない角度で笑っている。

（なんなのあの娘《こ》……）

ターミアは外国人で、この船で働いている平民だという。足のケガのために仕事はできず、給料をもらえないのだと、憐れみたっぷりな表情でハンスに告げた。

「僕のためになんてかわいそうなことになってしまったんだ。それに、こんなに健気で美しい女性が平民とは驚きだ。ターミアこそ貴族の令嬢に生まれるべきだ」

ハンスは一等客室の自分の部屋にターミアを連れ込んだ。それからは、そこで一緒に生活するようになったのである。

＊＊＊＊＊

ユリアナの話を聞き終えると、サロンの中に沈黙が漂う。

「ほ、本当にあの方が、殿下の恩人なのですか？」

メイリーンが思い切って口を開いた。

「違うという証明もそうだという確証もないの。でも、殿下はターミアの言葉を信じてしまって……なにより、貴族よりも平民の彼女の方が魅力的だと……」

ユリアナは悲しげに目を伏せる。

「それで婚約破棄なんですね！」

パメラが大きな声で納得の言葉を発した。

「失礼よ、パメラ！」

すぐさまエレナが窘める。

「す、すみません」

しゅんとしてパメラが頭を下げた
「いいのよ。事実ですもの」

ユリアナは首を振って返した。

「そんな事情があったのですね……」

メイリーンが眉間に皺を寄せてつぶやく。

「あの平民娘の方が貴族の私たちより魅力的だなんて、いくら殿下でも失礼すぎるわ」

パメラが頬を膨らます。

「これまでユリアナさまはお辛い日々をお過ごしだったのですね」

メイリーンが同情の目を向けた。

「知らずに婚約破棄を見物してしまい、申し訳ありません」

エレナが謝罪の言葉を告げると、他の令嬢たちも同意を示すようにうなずいている。

「過ぎたことだわ。それに、殿下との婚約破棄は、今になればよかったと思うこともあるの。皆と仲良くなれたし、優しいディランと出会えたわ」

笑顔で皆に返した。

「そうですわよね！」

パメラが明るい表情で顔を上げる。

「あたくしたちも、その点については同じですわ。こんなふうにユリアナさまとお話できる日が来るとは、夢にも思っていなかったもの」

エレナの言葉に皆が同意していた。

「さあ素敵なお菓子をいただいて、ここからは楽しいお話をしましょうよ」

ユリアナの提案に皆がうなずく。

それからは、サロンで令嬢たちと楽しく過ごしたのだった。


陽《ひ》が傾きかけた頃、ユリアナはサロンから特別客室に戻った。

「思った以上に楽しかったわ」

あんなに大勢の令嬢たちと気さくに話をしたのは、初めてかもしれない。

光沢のある布が張られた長椅子に腰を下ろし、ほっと息をついた。

（ここは何度見ても、素敵なお部屋ね）

室内の広さと素晴らしい内装に感心する。ハンスたちがいる一等客室とは比べものにならないほどいい部屋だ。

ディランは同じような船を何隻も持っていて、世界中の海を航行しているという。各港の一等地には、お城のような邸宅が建っているそうだ。最高級のホテルも数多く所有しているらしい。

小国のバスクラン王国よりもディランの持つマクリル商会の方が、裕福なのは明らかである。この部屋を見たら、プライドの高いハンスは地団駄を踏むかもしれない。

（でも、豪華な客室や資産よりも、大切なのは人柄よね……）

ディランには好ましく思うことはあっても、憤りを感じたことはない。これまでユリアナは、ハンスからひどく虐げられていた。王太子妃になるのだからと我慢していたのに、皆の前で婚約破棄を宣言されたのである。あの屈辱は忘れられない。怒りであの時のことが脳裏に蘇った。

（そういえば――あの夜船から落ちたのは、誰かに押されたからではなかった？）

おぼろげながらそんな映像が浮かび上がる。だが、あの時ハンスは立ち去ってしまっていたし、ターミアは足が悪いので船の揺れだけで落ちたのではなく、何かの力が働いていた気がしてならない。

だが、船の揺れだけで落ちたのではなく、何かの力が働いていた気がしてならない。

（どうして思い出せないのかしら）

しかも、海に落ちたあとに助けてくれたディランについても、結婚の契りを淫らにしたということしかちゃんと憶えていないのだ。

（そういえば……）

助けたといえば、ハンスを海から助けた長い髪の人物は、ディランに似ていた気がする。泳ぎが上手くて、美しくて……。

「まさか……ありえないわ」

ハンスを助けたのがディランなわけがない。彼はマクリル商会の経営者として忙しく世界を回っているのだ。

「なにがありえないんだい？」

ユリアナの背後からディランの声がする。長椅子に座ったまま振り向くと、居間に入ってきていた。

「あ、いえ、なんでもないの」

「サロンはどうだった？」

ディランが首をかしげてユリアナの顔を見る。

「とても楽しかったわ。ディランが用意してくださったルクセルクのお菓子が大好評で、皆と打ち解けるきっかけになったの。ありがとう」

笑顔で見上げて、ディランに礼を告げた。

「補給船で取り寄せておいてよかったよ」

「今日のお仕事は終わったの？」

ユリアナの質問にディランは首を振っている。

「まだ残っている。あなたが心配で顔を見にきただけなんだ」

「わたしを？　なぜ？」

「初めて令嬢たちのサロンに出るのだからね。仲間はずれにされて悲しい目に遭《あ》っていないか、すごく不安で……」

ディランがほっとした笑顔を浮かべている。

「……わたしを心配してくれたの？」

彼の優しい心遣いにユリアナの胸がきゅんっとした。

ハンスからこんなふうに大切にされたことなどない。家族でさえも、公爵家の体面ばかりを気にしていて、ユリアナにはいつも厳しい言葉と態度であった。

「当然だよ。大切な婚約者だからね」

「ありがとう……うれしいわ」

素直に礼を告げる。偽りの婚約だから建前で優しくしてくれているのだろうが、大切だと言われるのは嘘でも気分がいい。

ディランの長い指がユリアナの頬に触れ、愛《いと》おしげに撫《な》でられる。

まるで本気でユリアナを愛しているかのように……。

「あの……」

戸惑いながら彼を見上げた。頬に赤みが差し、瞳が潤んでくる。

「……と、困るな。そんな色っぽい顔で見上げられると……たまらないよ」

ディランが苦笑交じりに睨んできた。

「え？　あの……」

ユリアナが戸惑っていると、ディランの顔が近づいてくる。

「このまま一緒に過ごしたいけれど、今はこれだけで我慢しなくてはならない」

形のいい彼の唇が、ユリアナの唇と重ねられた。

「んん……っ」

突然の口づけにユリアナの鼓動が跳ねる。

けれどそれは長くは続かず、ディランはすぐに唇を離してしまった。名残惜しそうに舌先でユリアナの唇を舐める。

「あの……」

こういう軽いキスをされたのは初めてだ。困惑の表情で見上げると、ディランの顔がユリアナの耳元に移動する。

「あとで……ゆっくり」

掠れた低い声で囁かれた。こういう時に聞こえる彼の声には、いつもぞくっとするような色気を感じる。

「え……ええ……」

耳を赤くしてうなずくと、ディランは居間から出ていった。

(なんでこんなにドキドキするのかしら……)

ディランが初めての相手で、深い関係になっているからだと思う。でもこれは偽りの関係だ。ディランとしても、マクリル商会のためにしているのである。

（そうよ。本気にしてはいけないわ）

偽りの婚約であることを忘れてはいけないとユリアナは自分に言い聞かせた。

第五章　屈辱と友情

船内の中央ホールでは、毎晩夜会が開かれていた。

デッキから上の客室にいる乗客は、身分に関係なく参加できる。デッキのある客室は一等客室と特別客室なので、ほとんどが貴族でごくたまに富豪がいるくらいだ。

バスクラン王国の港を出て次の国の港に着くまで、人々は退屈を夜会か噂話《うわさばなし》で紛らわせている。ディランと婚約してから数日経《た》った夜、

「今宵も夜会に出られるのですか」

侍女のマーズに心配そうな表情で訊《き》かれた。

「ディランが忙しくて夜会に顔を出せないのだから、婚約者のわたしが皆のお相手をした方がいいと思うの」

髪を整えながら答える。

「ディランさまはお出にならないのですか」

「お仕事の目処《めど》がつかないみたい」

「ここは船の上ですのに？」

マーズは納得がいかないという表情だ。これまでの婚約者だったハンスは遊んでばかりだったので、その差に理解が追いつかないのだろう。

「船の上でも書簡鳥《しょかんどり》が情報を運んで来るので、対処しなくてはならないのよ」

港に着くまでの間、仕事が滞ることがないようになっているのだ。

「皆さまが夜会に興じている間もお仕事とは、大変でございますね」

「そうね。でも、遊んでばかりというのも、いいとは思えなくなっているわ」

この船も積み込んである物資も、バスクラン王国では見かけることがない先進的なものが多い。バスクラン王国は遅れているのではないかと不安になるほどだ。その不安を駆り立てるのが、ハンス王太子の行動である。

ユリアナが夜会に行くと、すでにハンスはターミアとともにホールにいた。まあまあ豪華な首飾りをつけたターミアと彼が、ホールで踊っている。

（あの首飾りは、王妃さまのだわ）

ハンスと婚約した際に、現在の王妃からユリアナに贈られたものだ。王妃はハンスの母親なので、ターミアに使わせているのだろう。どのみち婚約破棄されたことでバスクラン王家から賜った物は返すつもりでいた。

だが、シェルラン公爵家からハンスに贈られた高価な品々は、おそらく返ってこないだろう。ユリアナが賜った物の何倍もの金額であったのだが……。

「あ……」

ホールへの階段を下っていると、ユリアナに気づいたターミアが踊っていた足を止めて震えだした。

「どうしたんだいターミア。また足が痛くなったのか？　良くなってきたから大丈夫だと、踊りすぎたかな」

ハンスが気遣っている。

「あ……あそこ……」

ホールに降り立ったユリアナを指した。まるでいじめっ子がやってきたかのような反応だ。

「なんだ。公爵家のアバズレじゃないか。恐《こわ》がることはないよ」

ハンスはユリアナに気づくと、ふんっという感じで嫌味を言う。ユリアナは気づかぬふりをして、ホールの中央まで進んだ。

「みなさまごきげんよう。今宵も楽しんでくださいと、わたしの婚約者であるディラン・マクリルからの伝言です」

にこやかにユリアナが告げた。

「ほう、このところシェルラン公爵令嬢はよく笑顔を見せるようになったのう」

「お美しいだけあって笑顔が輝いていますわ」

「もうすっかりマクリル夫人だな」

ホールにいた者たちが賞賛の言葉を口にしている。

「ふん、ちょっと前に婚約破棄されたばかりなのに、もう他の男の妻気取りかよ」

ハンスの辛辣な言葉が響いた。

「な……っ」

聞き捨てならない言葉に、思わずハンスを見てしまう。

「栄誉ある王太子妃よりも好き勝手に贅沢《ぜいたく》できる平民の商人を結婚相手に選ぶとは、なんとも腹黒い女め」

まるでユリアナから婚約破棄をしてディランとすぐさま婚約したかのような言い草だ。

「わたしは選んでなんかいません」

原因のほとんどはハンスにあるのにと睨む。

「そういえば、以前はターミアから首飾りを取り上げて、嬉々《きき》としていたよな。また今夜も狙っているのか？」

ハンスも負けじと睨《にら》み返《かえ》してきた。

「ああ、殿下……こわい」

胸元の首飾りをぎゅっと握って、ターミアがハンスに顔を寄せている。

「大丈夫だよ。その首飾りは僕の母上のものだ。こんなアバズレに所有権はないから、取り上げられたりしないよ」

よしよしとターミアを撫でた。

まるで、何もかもユリアナが悪いという雰囲気である。

「わ、わたしはアバズレなんかじゃありません」

あまりの言われように、わなわなと震えながらユリアナは言い返す。

「嘘つきめ。この天使のようにかわいらしいターミアに僕を取られたのが悔しくて、裕福なあの男にさっさと乗り換えたんじゃないか。僕らを見返したくて、計算ずくで婚約したことぐらい、お見通しなんだよ！」

ハンスから辛辣な言葉を投げつけられ、ユリアナは言葉に詰まる。

（だって……）

ハンスを見返すというより、次の港に着くまでの間に惨めで哀れな公爵令嬢でいたくなかったから婚約したのだ。計算高くディランと婚約をしたのは事実である。しかも偽装の婚約だ。

言い返せなくてユリアナが立ち尽くしていると……。

「ユリアナさま！　こちらにいらしていたのですね」

大きな声とともに、メイリーンが駆け寄ってきた。

「あらあ、ユリアナさま！　ホールで何をなさっているの？」

エレナがパメラとともに続いて来る。

「あ、あの皆さまにご挨拶をと……」

答えている間に、他の令嬢たちも集まってきた。

「ご挨拶は終わられましたの？」

メイリーンに問いかけられる。

「え、ええ……一応」

「それならあちらへいらして」

メイリーンがホールの向こうの部屋に顔を向けた。

「あちらでエレナさまがサロンメンバーにお菓子を用意してくださったの」

パメラがユリアナに言う。

「サロンでいただいたルクセルクの銘菓に比べたらお恥ずかしい限りですが、あたくしの侯爵家に伝わる秘伝のお菓子を持ってまいりました」

長旅の際は必ず携行しているのだという。

「お礼も兼ねてユリアナさまにも召し上がっていただきたくて」

「まあ、気を遣わせてしまって……でも嬉しいわ」

「すごくサクサクしていて食感がいいんですよ」

パメラが説明する。

「さあ行きましょう！　あなたたちもいらして！」

エレナがまわりにいた貴族の令嬢たちにも声をかけ、ユリアナの腕を取って歩き出す。ちらりと後方に目を向けると、ハンスが顔を赤らめて立っている。自分よりもユリアナに令嬢たちが肩入れしているのを感じているのだろう。ターミアは何を考えているのかわからない無表情である。

「さあ、いただきましょう！」

ホール横の談話室に貴族の令嬢たちが集まり、お菓子の試食会が始まった。わいわいがやがや、楽しい話で盛り上がる。

ハンスたちから受けた嫌な気分が、彼女たちとの会話ですっかり消えた。

「なんだか気分が軽くなったわ」

サロンからの帰りに、ユリアナは侍女のマーズに話かける。

「みなさま良いご令嬢ばかりですね」

マーズも笑顔でうなずいた。

「もっと前から交流すればよかったわ」

そうすれば、航海の始めから楽しい船上生活が送れたのにと、ユリアナは残念そうにつぶやく。

「お嬢さまは殿下のご希望に添わなくてはなりませんでしたから……」

致し方ございませんと返される。

「そうだけど、気づけなかった自分が残念なのよ」

あの婚約破棄がなければ、今もひとりだった。

「お嬢さま。このお菓子を貯蔵室に持って行ってもよろしいでしょうか」

マーズが持っていた菓子箱を持ち上げる。

エレナからサロンで食べたものとは別に、菓子を渡されていた。ルクセルクのお礼としてディランへ、ということらしい。

「そうね。お菓子をお出しするには時間が遅すぎるから、明日にしましょう」

「かしこまりました」

頭を下げると、マーズは貯蔵室のある方へ廊下を曲がった。

「遅くなってしまったけれど、ディランはまだお仕事なのかしら」

世界有数の商社であるマクリル商会の経営者なのだから、忙しいのは理解できる。けれど、朝食を摂ったら深夜まで仕事をしているのだ。

王太子のハンスがしていた仕事は、週に数回父王に代わって書類にサインするくらいである。だがそのほとんどを宰相や大臣たちに丸投げしていて、どうしてもハンスが処理しなければならないものだけだ。

しかも、まずユリアナに読ませて内容を要約させ、対応まで提案しろと命じられていた。ハンスがしていたのは、最後にサインを書き入れるだけである。もちろんこの船に乗ってからは遊んでいるだけなので、王太子の仕事はいっさいしていない。

（それもどうかと思うけど……）

仕事のしすぎもいいとは思えない。

特別客室に戻ると、すでにディランが戻っていることを使用人から知らされる。

「もうお部屋に？」

少し令嬢たちとおしゃべりしすぎたかしらと、焦りながら訊ねた。

「書斎でお仕事をなさっておいでです」

使用人は首を振って答える。

「そう……お部屋に戻ってまで……」

やはり忙しいようだ。

書斎のある方へ目を向けると、扉が閉じている。

（仕事の邪魔をしてはいけないけど……）

戻ってきた報告だけはしようと、書斎の扉をノックした。

「……どうぞ」

中からディランの声がする。

「わたしよ」

声をかけて扉を開けた。

「ユリアナ……今夜は遅かったんだね」

机から顔を上げて微笑んでいる。書斎机に置かれたランプに、ディランの美貌が柔らかく照らされていた。部屋全体の暗さと深夜の静けさの中、ディランの美しさがランプの光で幻想的に浮かび上がっている。

「エレナたちとお話が弾んで、遅くまでサロンに居てしまったの。ごめんなさい」

「謝る必要はないと言っているよね？　あなたが楽しければ私はそれで満足だ」

持っていたペンを置いて、ディランは両手の指を交差する。大きいけれど節のない滑らかな手は、指先まで綺麗だ。

「でも、お仕事をしているあなたよりも遅く戻るのは、申し訳ないわ」

ユリアナは首を振ってディランのところまで歩く。

「気にしなくていいよ。私も好きで仕事をしているのだからね」

机の横に立ったユリアナを見上げて言う。

「仕事が好きなの？」

少し驚いて問いかける。

「好きだしやり甲斐を感じている。それに、私が働いて得たもので、多くの人を幸せにできるのだからね」

「皆の幸せのために働いているの？」

「もちろん自分のためでもあるよ。あなたのように素敵な女性を婚約者にできるのも、仕事をがんばったからだと思っている」

確かに、彼がこの船の持ち主でなければ、ユリアナは婚約者にはなっていなかった。

「わたしはご褒美？」

ちょっと苦笑して問いかける。

「そんなに軽い存在ではないな。私にとってあなたは、なによりも大切な宝物だ」

真面目な表情で首を振った。

「素敵なことを言ってくれるのね」

お世辞でも嬉しいと笑顔を返す。ユリアナは自身に大して魅力がないことくらい自覚している。公爵令嬢という婚約者が、ディランにとって重要なのだ。

「本当にそう思っているよ」

「ありがとう」

無理しなくてもいいのにと思いながらうなずいた。

「それにしても、今夜のあなたはいい表情をしているね」

「きっと、時間を忘れるくらい楽しいお友達がたくさんできたからだわ。緊張することも気を張ることもなく、肩の力を抜いて他愛のない話ができたのよ」

嬉しさに溢《あふ》れた笑顔でディランに答えた。

「それはいいことだ。だが、あなたにそんな笑顔をさせたのが私でないのは、少し悔しい気がするね」

組んでいた指を外すと、一方の手でユリアナの左手を持ち上げる。

「悔しいの？」

「うん、嫉妬だね。常にあなたを笑顔にするのは私でありたい。贅沢な我が儘だな」

苦笑交じりに答えると、ユリアナの手に口づけた。

「あ、あなたがいなければ、わたしは笑うことなどできなかったわ。だから、ここでの笑顔はすべてあなたのおかげよ」

頬を染めてユリアナは返す。

手の甲にキスをされただけなのに、なぜかひどく恥ずかしい。

「嬉しいことを言ってくれるね」

ユリアナの手を両手で包むように握り、愛おしそうに擦っている。ディランの手の感触や体温を感じて、胸がドキドキしてきた。

「ま、まだ、お仕事は終わらないの？」

彼の手の動きに顔を赤らめて訊ねる。

「あなたと一緒に休みたいが、情報が来るのを待っているんだ」

「こんな夜中に？」

ここは海の上だ。夜間は物資補給船も来ないはずである。

「書簡鳥が来る」

「ああ……」

ディランの言葉にうなずく。陸との連絡は、船だと時間がかかるために急ぎは鳥を使うのだ。それでなくとも書簡鳥は料金が高いのに、夜間に飛ばすとなったらさらに高額となる。それだけ大切な情報だというのは、ユリアナにもわかる。

「それなら、お休みになれないわね……」

「先に休んでいていいよ」

「ここで一緒に待っているのはだめかしら？」

ユリアナの手を放そうしたディランに問いかける。

「いつになるかわからないし……」

ディランは一瞬、困ったような目をした。

「あ、いいの。わたしがいては迷惑なら先に休みます」

首を振って告げると、ディランの手から自分の左手を抜こうとする。

「迷惑などではないよ」

離れる瞬間に、ふたたび強く手を握り戻された。

「えっ？」

ユリアナの身体が前のめりになる。座っているディランに倒れかかりそうになり、慌てて彼の肩に右手をついた。

「ここで何もせずに、あなたと二人きりでいられそうにないんだ」

整った美貌に困惑の表情を乗せて見上げられる。

「あの……」

至近距離で見るディランの美しさと伝わってくる色気に、胸の鼓動が跳ねるのをユリアナは感じた。

「ど……どうしたいの？」

「手以外のところにも……触れたくなる。たとえば、このかわいらしい唇とか……」

驚いて少しだけ開いているユリアナの唇に、ディランの人差し指がそっと触れる。口づけを欲しているらしい。

「いい……わよ」

キスをするくらい、なんでもない。ここで過ごすようになってから、ディランとは何度もしているし、もっとすごいことも……。

「ありがとう。あなたは本当に優しいね」

ディランの手がユリアナの頭に伸びる。後頭部に回されるとそっと押されて、顔がディランに接近した。

「は……んん」

唇が触れ合い、彼の舌を感じる。歯列を舐められるとぞくぞくした。

「は……」

ため息のような声を発すると、彼の舌が口の中に入ってくる。長くて肉厚のそれは、ユリアナの舌を探り当てた。

（ああ……）

淫らに絡み合う舌に、胸の鼓動が止まらない。

いつのまにか身体ごとディランに倒れ込んでいた。椅子に座る彼の上に乗っている。

「ん……ふ、う」

擦れ合う唇や絡み合う舌が淫靡《いんび》で気持ちがいい。

彼の手に頭や背中を撫でられている。

書斎で淫らな口づけをしているからか、ひどく淫猥な感じがした。頭の奥がクラクラする。

（揺れているのはわたし？　それとも船？）

少し船も揺れているようだ。夜は停船していることが多いので、波が発生しているのだろう。口づけたままゆらゆらしていると、色っぽい雰囲気が増してくる。

「もっと……触れてもいいかな」

「ええ……」

ディランの申し出にユリアナはすぐさまうなずいた。

向き合っていた身体を反転させられる。

（……？）

後ろ向きにディランの膝に座らされた。

「あの……あっ……」

背後から伸びてきた彼の手が、ユリアナの胸元に滑り込む。

「こっちを向いて」

もう一方の手がユリアナの顔を振り向かせた。

「これであなたのかわいいところに、同時に触れられる」

嬉しそうに言うと、ふたたびユリアナに口づけた。

「ん……んんんっ」

キスをしたまま目を見開く。ディランの手に鎖骨あたりの肌を撫でられ、くすぐったい。背後から腰を抱かれ、口づけをされているために身体が動かせなくなっていた。

くすぐったさは、次第に官能的な感覚に変わっていく。

(ああ……手が……)

彼の膝の上で悶えていると、鎖骨の下へと移動していく。

ドレスの衿を開かれた。

けれど、ドレスの下にはコルセットを着けている。しっかりと紐で締め付けてあるので、簡単には脱げないはずなのだが……。

(なぜ?)

まるで薄衣の下着がずらされたように、コルセットがするりと腹部に落ちていく。隠されていた二つの乳房が露わにされたのを感じた。

「ふっ、んんんっ」

大きなディランの左手で、右の乳房が覆うように掴まれる。

「ああ、いい手触りだ」

手のひらで感触を確かめるようにユリアナの乳房を揉んでいた。

「あ……そんなに……」

唇が外れたユリアナは、半裸になっている自分の姿に困惑する。彼の指先が乳首を摘まもうとしていた。

「あっ、や、んんっ」

摘ままれた乳首から淫らな刺激がもたらされる。書斎のランプに照らされた乳首は、ディランの指の腹でいやらしく擦り合わされた。

「こ、ここで、そんなに……したら……っ」

恥ずかしさと淫猥な刺激に苛まれ、ユリアナは首を振る。

「こうすると気持ち良くなかった？　ベッドでは悦《よろこ》んでくれていたけど」

ディランはもう一方の手でも乳房を揉みながら乳首を摘まんだ。

「ああっ、だ、だから、か、感じちゃ……う」

それでは困るのだと喘ぎながら訴える。

「感じるのは悪いことではないよ。色っぽいあなたの姿を見るのは素敵だし、触っている私も気持ちがいい」

にこにこしながらディランが言う。

「で、でも、恥ずかしいし……あ、あぁ……だめ」

「どうしてだめなのかな」

「だ、だって……ぬ、濡れちゃう……」

恥ずかしさを堪えてディランに告げる。

「……もしかして……ここ？」

ドレスのスカートを上から押さえられた。

「え……ええ……」

これ以上刺激されたら、官能の蜜が乙女の秘部から出てしまうかもしれない。

「そんなに感じてくれたのか」

ディランは満足そうな笑みを浮かべて、右手を乳房から外すとドレスへと向かった。

（……な、なぜ？）

ドレスの裾がふわりと捲《まく》り上がり、パニエを通過してドロワの中にディランの手が入っていく。

「濡れては、いないようだけど？」

ユリアナの淫唇をすうっと撫でた。

「はっあぁ、それ、だめ」

指の刺激に首を振る。

「ん？　ああ、本当だ。だんだん濡れてきた。この中に蜜が溜まっていたんだね」

指先で淫唇を割られた。とろっと蜜液が出たのをユリアナも感じる。

「っだ、だめよ。ひ、あんっ」

「こうすれば漏れないよ」

ディランの指が蜜孔を塞ぐように挿入された。

「で……でも……んっ、ああ」

三本ほど挿れられたそこに、淫らな熱が発生する。

「ふふ、私の指を締め付けてくるね」

楽しそうに囁かれた。

「はぁ、はぁ、こんな……ああ、感じて……」

ユリアナは喘ぎながらディランに顔を向ける。

「あなたが、ほ、欲しいわ……お……ねがい……ベッドへ……」

彼に懇願した。

こんなふうに書斎で自分だけ乱されたくない。二人でいつものように寝室で抱き合いたかった。

「そうだね。私もあなたと一つになりたい。だが……今夜はまだ寝るわけにはいかないんだ」

申し訳ないというふうに告げると、ユリアナの顔を見つめた。

「でも、中途半端だとあなたが辛いから……」

薄く笑みを浮かべて、ディランはユリアナに口づけをする。

「ん……んんっ！」

蜜壺に挿れられていた指が、淫猥な動きで抜き差しを始めた。掴まれていた左の乳房と乳首も、淫らに揉まれている。

「――っ」

突然強い刺激を同時に与えられていた。

（ああ……中がっ）

蜜壺内のいいところを押しながら指が出入りし、乳首が強く摘まれるたびに、強い快感が発生する。

（も……もう……）

官能の頂点に駆け上がっていく。唇を塞がれていなければ、嬌声《きょうせい》に近い喘ぎ声が書斎に響いていただろう。

『あなたのすべてが愛おしい』

最後に聞こえたディランの言葉。

キスをしていたはずだから幻聴かもしれない。けれど、快感を極めたユリアナの頭の中に、はっきりとそれが聞こえた。

（わたし……愛されている？）

愛されて彼の腕の中にいると思いたいから、そういう夢を見ているのだろうか。ディランは優しいから身分目当ての婚約でも、相手の女性をそれなりに扱ってくれるのだ。

（だってわたし……愛される理由がないわ……）

公爵令嬢という肩書き以外に取り柄はない。そんな女を、身分以外なんでも持っているディランが、本当に愛してくれるとは思えなかった。

第六章　恋心と絶望

小さないざこざはあるけれど、船旅はそれなりに順調だった。ハンスとは夜会などで時折遭遇することはあるが、お互い無視してやり過ごしている。

この船はバスクラン王国の港から、海の向こうにある国を二つほど、ひと月かけて周遊する。最初の国の港まであと三日ほどとなっていて、ディランとの婚約はそこまでにする予定だ。

けれど……。

（このまま旅の終わりまで、婚約を継続しようかしら）

そんなことを考えるようになっていた。優しいディランとの生活が楽しいのと、貴族の令嬢たちと仲良くなれたことが嬉しい。

（旅が終わったら、終わりにすればいいわ）

ディランもそれでいいと言ってくれるだろう。彼と結婚するわけにはいかないけれど、もう少し偽りの婚約者でいてもいいのではないか。

デッキで朝のお茶を飲みながら考える。

「今日もこれからお仕事なのよね？」

向かい側で同じくお茶を飲んでいるディランに話しかけた。

「いや、今日の午前中は休みだよ」

「まあ、本当！」

昼間一緒に過ごせるのは久しぶりである。

「今日はこれから特別なイベントがあるからね」

「なにがあるの？」

「それはね……ああ、見えてきた」

ディランが海の方へ視線を向けた。

「え？　あら、あれは？」

水平線の真ん中に、キラリと光るものが出現している。

「島だよ。マクリル・ヴァンコス島という名だ」

「マクリル？　ということは……」

「私の会社が所有している」

さらっとディランが答えた。

「あの島を？　全部持っているの？」

驚いて聞き返す。

「そうだよ。銀行を設立した記念に購入したんだ。とても綺麗な島で、これから上陸する」

目を細めて島を見つめている。

「あの島へ？」

海の上に浮かんでいるような島だ。青い海と白い砂、そして緑の森がエメラルドのように輝いている。

島の入り江に小さな船着場が見えてきた。

「島で昼食会をしようと思っている。もちろん泳げるから、水着でもいいよ」

ディランの提案に、ユリアナは即座に首を振る。

「わ、わたし泳げないので」

水遊びができる膝までのドレスを着ていくことにした。他の令嬢たちも泳ぎは苦手らしく、水浴用の簡易ドレスを身に着けている。

「ユリアナさま！　こちらからボートに乗るのですって」

メイリーンが手を振っている。

「私は用意があるから、先に行っていていいよ」

ディランに促されて、ユリアナはボートに乗り込む。

「なんだかドキドキしますね！」

パメラが目をまん丸にして言う。派手な虹色の水浴用ドレスが彼女らしい。

「島で魚や蟹《かに》を焼いたりするのですって」

エレナが耳打ちする。

「楽しみだわ。船から降りるのは久しぶりね」

ユリアナもわくわくしながら手すりに掴まった。

令嬢たちを満載にしたボートは前後をロープで吊るされ、ゆっくりと海面に下りていく。

「ここからは揺れますので、しっかり掴まっていてくださいね」

航海士が声をかけ、その後ろにいる船員がオールを持って漕《こ》ぎ出《だ》す。

「きゃあ！」

「本当に揺れるわ」

「波が顔に！」

「ドレスにしぶきが！」

ボート内は大騒ぎだ。

「み、みなさん落ち着いて！」

震えながらもユリアナは令嬢たちに声をかける。

「ユリアナさまは恐くないのですか」

メイリーンに尋ねられた。

「こ、恐いけれど、うちにも船はあるので……」

ほんの少しだけ慣れていると答える。

「そういえばシェルラン公爵さまは立派なヨットをお持ちですものね」

エレナがうなずいた。

ボートは三十分ほどかけて船着き場に到着した。その頃には騒ぎ疲れて、皆静かになっている。

「無事に渡れてよかったわ」

船着き場に上がってほっとしながらユリアナは振り向く。船からはボートが続々と下ろされていて、こちらに向かっていた。どれも乗客でぎゅうぎゅうだ。その他に、パラソルやテーブル、椅子、そして食材と料理人なども乗っている。

（あれは……）

一隻だけ二人だけしか乗っていないボートがあった。ハンスとターミアである。王太子だからと、他の者を排除して二人だけで乗ったに違いない。

（船主のディランでさえ、数人の乗客たちと乗っているのに……）

特別扱いを強要するのは困ったものだと、心の中でため息をつく。

「ユリアナさま！　あちらで貝拾いをしましょうよ」

メイリーンに誘われる。

「貝？　まあ大きい！」

こぶし大の貝が浜にゴロゴロしていた。

「蛤《はまぐり》かしらね。大きいわ」

「砂をちょっと掘っただけでほらこんなに！」

エレナたちはすでに両手いっぱい拾っている。

「本当に大きいわ。それに重い」

ずっしりとしていた。両手いっぱいに採ると、持っているのも大変である。

「やあ、沢山採ったね。向こうで焼くことができるよ」

ディランがやってきた。

「これ食べられるの？」

「とても美味しいよ。ほら、網焼きの用意ができているから、あそこに置くといい」

浜辺に大きな網がいくつも置かれて、下から火が焚《た》かれている。網の上には蟹やイカ、魚などがすでに焼かれていて、ユリアナたちは空いている場所に貝を置いた。

「壮観だわ」

網の上にぎっしりと食材が並べられた光景に、エレナが目を見張る。

「いい匂いがしてきましたね」

メイリーンが鼻を膨らました。

「美味しそう」

パメラが舌なめずりをしている。

「あ、ほら、貝が開いてきたわ」

初めに置いた貝が口を開けてきた。続いて、ポンポンと弾けるように開いていく。

ユリアナの近くにあった貝も開き始めたが……。

ひときわ大きい貝が、パンッという大きな破裂音を発して飛んできた。

「危ない！」

隣にいたディランがユリアナを庇《かば》うように抱きつく。ひゅっと、ディランのこめかみあたりを掠めて貝が飛んでいった。

「あ……っ！」

「ケガはない？」

「え、ええ、でも、ディランのここ、赤くなっているわ」

こめかみに紅《あか》い筋がついていた。もしディランがいなければ、ユリアナの顔面に熱々の貝が直撃していただろう。

「このくらいなんともないよ。あなたに当たらなくてよかった」

ほっとした感じで微笑んだ。

（身体を張ってわたしを守ってくれたんだわ）

ディランの行為に胸が締め付けられる。

「庇ってくれてありがとう……」

彼の胸にちょっとだけ額をつけて礼を告げた。本当はぎゅっと抱き着いてお礼を言いたかったが、ここには令嬢たちや他の乗客がいる。

「さあ皆でいただきましょう」

早々にディランから離れると、ユリアナは令嬢たちに告げた。

その後はみんなで楽しく浜辺での昼食会である。色々なものを焼いたり食べたり、青年たちを交えてゲームをしたりして楽しく過ごした。

しばらくすると、あちこちでカップルが出来上がっている。エレナといるのは、ロサルク侯爵令息だ。エレナより年下だが、背が高くてすっきりとした顔立ちをしている。見るからにエレナにぞっこんという表情をしていた。

その向こう側に、パメラが黒髪で背の低い青年と肩をくっつけて座っている。彼女の許婚《いいなずけ》であるネイサル子爵だ。位は低いけれど資産家である。

メイリーンも向こうの方で誰かと一緒に歩いていく。

「私たちも少し歩きませんか」

ディランから提案された。

「ええ。そうね」

帰りのボートが出るまでまだ時間がある。

「実はね、あなたに見せたいところがあります」

「この島で？」

ユリアナは歩きながら問いかけた。

「あの先を曲がった向こう、マクリル家のプライベートエリアになっているんだ」

ディランが岩場を指す。

「そこに何があるの？」

「それは見てのお楽しみだよ」

いたずらっ子みたいな顔を見せて、ユリアナの手を引いていく。

（こんな表情もするのね）

普段は優しくて落ち着いた物腰に知的な物言いをしているディランだが、今はちょっと少年っぽさが漂っている。そんな彼も魅力的だ。

握られている手から彼の体温が感じられ、ユリアナの胸がドキドキしてくる。

（い、いつも触れ合っているのに）

ただ手を繋《つな》いで浜辺を歩いているだけなのに、ときめきが止まらない。まるで恋人と一緒にいるみたいだ。

（……恋人？）

違うわと首を振る。

自分たちはお互いの利害関係で結ばれているだけだ。ディランはハンスから婚約破棄をされたユリアナに、哀れみや同情を感じているかもしれないが、恋愛感情ではない。ユリアナも、ディランの優しさに傷ついた心を癒《いや》されているのであって、恋愛とは違う。

（そうよ……違うわ……）

毎晩ベッドの上で繰り返される熱い抱擁と深い繋がりも、周りから婚約が偽装だと思われないためだ。決して恋愛などでは……ない。

そう心に言い聞かせるけれど……ユリアナの心の中にディランの存在が重く大きくなっていく。先ほど、身を挺《てい》してはじけ飛んでくる熱い貝から守ってくれたことを思い出すと、再び胸が締め付けられた。

（こ……困るわ）

ディランとの婚約は、偽りでなければならない。

バスクラン王国では、女性は外国人と結婚すると相手の身分に変更される。男性はそんなことはなく差別的な制度だが、貴族社会を維持するための決まりなので仕方がない。

だから、平民の外国人と結婚するなど、公爵令嬢にはありえないのだ。

「どうしたの？　なんだか恐い顔をしているね？」

ディランから話しかけられる。

「あ、いいえ……なんでもないわ……」

慌てて笑顔を作り、ユリアナは首を振った。

「そうかな？　何か悩みでもあるのでは？」

足を止めたディランから、心配そうに顔を覗き込まれる。

「ほ、本当に、なんでもないの」

ディランとの偽装婚約について考えていたことを言うのは、なんとなくためらわれた。

「それより、早く行きましょう」

ディランを引っ張るようにして歩き始める。

「あなたが大丈夫なら……」

「大丈夫よ。あの岩の向こうにプライベートエリアがあるのね？」

突き出た岩場を指す。

「あそこを回ったあと、その向こうに門があるんだ」

その先だよと言う。

「そうなのね」

うなずきながら岩場に差し掛かったところ……。

「……えっ？」

「ん……？」

ユリアナとディランは怪訝な表情で立ち止まった。

「何か声が聞こえるわ」

小声でディランに言う。

「海鳥《うみどり》か何かがいるのかな」

ふたりでそうっと岩場を回り込んだ。

すると……。

（あれはっ！）

「……っ！」

ユリアナは驚きで目を見開き、ディランは無言で立ち止まる。

岩場の向こうにくぼんだ砂浜があり、そこに二人の人物がいた。

（ハンスとターミアだわ……）

ハンスは砂浜に寝そべり、ターミアが彼を跨《また》いで座っていた。ハンスの上でターミアはゆっくりと身体を上下させている。

「あ……あぁ～ん」

猫のような彼女の声が聞こえてきた。先ほど海鳥かと思ったのは、彼女の声だったのだ。ターミアの薄い水浴用ドレスははだけて、腰のあたりに溜《たま》っている。細い身体に似合わぬ豊満な胸が露わになり、上下に揺れていた。

むき出しの足や腰が艶《なま》めかしい。

そして、ターミアが身体を上下させるたびに、彼女の股間からハンスの陰茎が見え隠れしていた。

（あんなところで……）

淫らな交わりをしている。

ハンスの陰茎は赤黒い。少し細くて短いのか、ターミアが腰を上げすぎると竿先のくびれまで見えていた。

「ああ……ハンスさまぁ……もっと、奥に、ちょう……だい」

ターミアはおねだり声で言うと、ハンスの腹部に手を置いて腰の動きを速めている。乳房が跳ねるように揺れ、喘ぎ声が大きくなっていく。

食事もそこそこに、ここで淫らな時間を過ごしているのだ。

二人の行為を目の当たりにしたユリアナは、衝撃と不快感で顔を顰める。横にいたディランが、ユリアナの肩をぽんっと叩《たた》いた。

「海側から行こう」

小声でユリアナに言うと、海に出ている岩礁伝いに向こうへと渡っていく。

（綺麗な身体だった……）

ターミアの肌は真珠色に輝き、白い脚の間にハンスの陰茎を呑み込んでいた。艶やかなストロベリーブロンドの髪が揺れ、かわいらしい声で喘いでいる。

彼らの姿が見えない場所まで来ても、ユリアナの脳裏にターミアの裸体と彼らの淫らな行為が目に焼き付いて離れない。

「また恐い顔をしているね」

ディランの言葉にはっとして顔を上げた。

「わたし……そうよ。かわいくないもの」

むっとした表情で返してしまう。

「どこがかわいくないって？　あなたのすべてがとてもかわいいよ？」

驚きの表情で返される。

「お世辞はいいわ。わたしは、ターミアのように綺麗でも色っぽくもかわいくもないわ。そんなの、わかっているもの！」

だからあんなふうに婚約を破棄されたのだと心の中で付け加え、ユリアナは横を向いた。

「私は、あなたの言葉には同意できかねるね」

少し強い口調で返され、ユリアナは目だけでディランを見る。

「あなたはあの少女よりずっと美しいし魅力的だよ。これはお世辞なんかじゃない。私の本当の気持ちだ」

真剣な表情でディランが告げた。

「わたしの……どこに魅力があるというの？　あるのは、公爵令嬢ということくらいだわ」

ふたたびディランから顔を背ける。

「あなたは自分の美しさや良さに気づいていないだけだよ」

「美しくなんかないわ……」

「自分では見えない美しさや魅力がある。そうでなければ、令嬢たちがあんなにもあなたと親しくなるはずがないだろう？」

「それは……わたしがシェルラン公爵家の人間だからだわ」

バスクラン王国の貴族の中で、最上位にいる家の娘なのだから邪険にはできないはずだと返す。

「公爵家の令嬢として、あなたは皆をまとめる力があるし責任感も強い。あなたが中心にいるからこそ、令嬢たちも仲良くなれているんだよ」

「そうなのかしら」

「あなたはもう少し自分に自信を持ってもいいと思うよ。さあ、着いた」

岩の壁がそそり立っている場所でディランが足を止める。

「扉があるわ」

壁の真ん中に茶色く錆《さ》びた扉があった。ディランが扉の前に立ち、把手《とって》のところに手を置くと、扉はきしむ音を立てて開いていく。

「あれは洞窟？」

扉の向こうに、岩穴が見えた。

「そうだよ。来てごらん」

ユリアナの手を引いて扉を抜けると、岩穴へと歩いて行く。

「……不思議だけれどすごく綺麗」

岩穴は海水が入り込んだ洞窟になっていた。洞窟の中の水はラベンダー色で、光を反射して輝いている。

「あなたの瞳の色と同じで美しい色だよね」

「……同じ色だわ。でもなぜ？」

「ここの水底に紫水晶の鉱脈があってね、それが陽の光に反射して、透明な海水をラベンダー色に見せている」

ディランの説明にユリアナはうなずいた。

「それでこの綺麗な色になるのね」

水底に広がる紫色がすべて鉱脈だとしたら、価値もかなりなものになるだろう。ここをプライベートエリアにしているのもうなずける。

「奥も綺麗だよ。おいで」

洞窟の奥へといざなわれる。人が通れるくらいの道があり、そこもキラキラしていた。

「水から出ているところは普通の水晶なの？」

「そうだよ。鉱脈は一緒だが、外に出ているのは透明なんだ」

「紫なのは水の中だけ？」

「光で変色する性質があって、紫外線に当たると色が薄くなったり変わったりする。ここの水は紫外線を吸収するからそこだけ紫色が残っているんだ。他にも、光の当たる加減で色が変わって……ほら、あそこはピンク色をしているだろう？」

壁際の光が当たりにくい部分にディランが顔を向けた。目を凝らすと、そこだけ綺麗な薄桃色に光っている。

「かわいらしい色……」

しっとりと輝くピンク色は、ターミアの髪色に似ていた。先ほどの二人が思い出させられ、ユリアナは複雑な表情になる。

「向こうに休める場所があるよ」

ユリアナの肩を抱き、ディランが奥に進む。

「まあ素敵！」

洞窟の最奥には、天井から光が差し込んでいる。光り輝くそこには、長椅子やテーブルなどが設えてあった。

「これ、もしかして……」

どれも光り輝いている。

「水晶の鉱脈を削って作られている。ここに座るといい。洞窟内をゆっくり鑑賞できるよ」

ユリアナはディランにいざなわれて長椅子に腰を下ろした。

「ツルツルしている」

座面は水晶の結晶を丹念に磨いてある。

「水晶だからね」

「そうね。でもちょっと冷たいわ」

ひんやりしている。本物の水晶ならではの冷たさだ。

「それなら私の上に座るといい」

ユリアナの両脇にディランの手がすっと伸びてくる。

「上？　あっ！」

両脇を持ち上げられ、彼の膝の上に座らされた。

「これで寒くないよね？」

向い合せになったディランは、チュッと軽くキスをしてユリアナを見つめる。

「で、でもこれでは、あなたの顔と壁しか見えないわ」

頬を染めて返した。ディランの顔が美しすぎてユリアナはどぎまぎしてしまう。

「私はあなたのかわいい顔が見えればそれでいいのだが……ではこうしよう」

ディランは身体をずらすと、水晶の座面に斜め横向きで座った。

「あ、あの……」

ユリアナは膝から下を座面につけてディランを跨いで座っていた。美しいディランの顔と光り輝く洞窟が一緒に見えるけれど……。

（こんなに近くで……）

自分の顔もディランから見られている。恥ずかしくてうつむいたユリアナの耳に、ディランの唇が近づいてきた。

「あなたの素敵なところをもっと見せてほしい」

吐息交じりに囁かれる。ディアンの手がユリアナの肩のあたりにきて、水浴用ドレスが軽く引っ張られた。ここで脱がそうとしていることにはっとする。

「あ、そんな……恥ずかしいわ」

慌てて胸元を押さえたけれど、まるで糸がほどけてしまったようにドレスがスルリと落ちていく。

「恥ずかしがらなくてもいい。とても綺麗だ」

ディランの両手がユリアナの乳房を宝物のように持ち上げる。

「そんなこと……ないわ。白くもないし……大きくもないわ……」

ターミアほどではないと暗に訴える。先ほどディランも見ているのだから、嫌でも比べられてしまうだろう。

「綺麗な形だし、とても美味しそうだよ」

ターミアなど関係ないというふうに答えた。

「でも……あっ！　んっ」

反論しようとしたが、乳首に吸い付かれた刺激でユリアナの言葉が途切れる。

「あ……あっ……強く……吸っては……」

甘い刺激に悶えてしまう。

「ふふっ」

ディランは含み笑いをしながらユリアナの乳首を口の中で転がし、軽く歯で扱いてきた。甘い刺激は淫猥な快感となってユリアナの身体を巡り始める。

もう一方の乳首が指の間に挟まれたまま乳房が揉まれた。

「ど……同時には、だ、だめ」

こんなところで感じすぎてしまうと首を振る。

「感じていていいよ。ここには誰も入れない」

ディランの空いている手がユリアナの腰を撫で、そして背後から乙女の秘部に向かって滑り落ちていく。

（ああ、そこはっ！）

指先が淫唇を撫で始めた。乳首よりも強い快感が伝わってくる。

「少し濡れてるね」

囁かれた言葉に、ユリアナは真っ赤になった。感じてしまっていやらしい蜜が滲んでいる。

「だって……そんなこと……」

ディランがするからいけないとばかりに彼を睨む。

「ではこんなことをしたら？」

淫唇の先にある感じやすい秘芯を指先で強く押された。かあっとするような熱い刺激がユリアナの身体を巡る。

「や、やぁ……あっ、そこは、ダメ、あんんっ」

膝立ちして腰を揺らしてしまう。

「ああ、感じているあなたは素敵だ」

嬉しそうに言うと、ディランは秘芯を弄っていた指を淫唇に戻した。濡れそぼったそこを開くと、中から新たな蜜がトロリと出る。

「だめよ……恥ずかしいわ……」

「でもこうしないと、私を挿《い》れにくいよ？」

「い、挿れるの？」

真っ赤な顔で問い返す。

「嫌かな？」

すでにディランはユリアナの蜜壺に指を数本挿入している。感じるところをぬちゅぬちゅと刺激していた。

「挿れ……て、いいわ」

ここまできたら、自分だけはしたなく悶えさせられたくない。それに、官能の火が点《つ》いた身体は、行きつく先を欲している。

ディランはユリアナを膝立ちにさせると、下衣から自身を取り出した。水晶が煌めく中でそそり立つそれは、珊瑚のような色をしていて艶がある。先ほど見たハンスの貧相で赤黒いモノとはまるで違っていて、宝石のように美しい。

いつの間にか下着のドロワが脱がされていたユリアナは、珊瑚色の切っ先の上に腰を下ろすように促される。

「こ、ここ？」

淫唇に熱を孕んだ棒が当たるのを感じた。

「そうだよ。ゆっくり下ろして」

腰を掴まれて下げられる。

「あ、ん……う」

太いディランの熱棒は、挿入時だけ圧迫感に苦しめられた。普段と違う体勢のせいなのか、力が入ってしまう。

「大丈夫。いい感じだよ。かわいく私を呑み込んでいる」

身体をずらして交接部分をディランが見つめている。

「み、見ては……嫌、恥ずかしいわ……ああ、大きくて……」

中腰のまま首を振った。まだ全部挿入《はい》っていない。

「もっと蜜を出してごらん」

前から乳首と秘芯を同時に摘まれた。

「ひっ！　ああっ！」

突然強い快感が二か所からもたらされ、ユリアナは背中を反《そ》らせて喘ぐ。身体のバランスが崩れ、力が抜けたと同時にユリアナの腰が落ちた。

ディランの上に座る形になり、熱棒が蜜壺の中に深く突き刺さる。

「ああぁっ」

圧迫感と熱い快感が身体の中心に発生した。

「す……すごく、奥に……」

ユリアナは悶えながらディランの首に抱きつく。

「ああ、入っているね。そのまま腰を上下にしてごらん」

「え……？」

耳に囁かれた言葉を聞き返す。

「わたしが……動くの？」

「そうだよ。ゆっくりとね」

ユリアナの腰を持ってディランが答える。この状態ではディランからは動けないらしい。

（そういえば……）

先ほどターミアもハンスの上で動いていた。ハンスは寝そべっていてディランは座っているから同じではないけれど、状況は一緒である。

「……こ……こう？」

ユリアナは膝に力を入れてそっと腰を上げた。ずるっと、中で熱棒が抜ける感じがする。

「はぁ……あ」

蜜壁を竿先のくびれが擦り、快感がもたらされる。

「そうだよ。今度は下ろして」

「ええ……ん、んんんっ」

ゆっくり腰を下ろす。熱く感じるところが刺激された。

「上手だね。繰り返してごらん」

（く、繰り返すの？）

これだけでもすごく感じて、腰砕けになりそうだった。見上げるユリアナにディランの微笑みが映る。少し顔が上気していて、彼も感じていることがわかった。

ユリアナは息を乱しながら再び腰を上げる。

「ああ、いいっ」

首を反らして喘ぎ、再び腰を下ろす。

「ん……うっ」

蜜壺の中が熱い。

もっと感じたくて、次からは言われる前に腰を上げた。

ディランの上で何度も腰を上下させ、ユリアナは快感を貪る。快楽に支配され、動きが速くなっていく。

「そう。すごくいいよ」

「あ、あ、だめ……中、熔《と》けそう……」

あまりに感じすぎて、力が入らなくなる。ユリアナは喘ぎながらディランの上に座ってしまった。身体の中心には彼の熱棒が突き刺さっている。

「よく頑張ったね。交替しよう」

ディランはユリアナの腰を持って少し浮かせると、下から腰を突き上げた。

「あぁっ！」

蜜壺の中に新たな刺激が与えられる。

突き上げは繰り返され、腰骨の奥が快感の熱で満たされていく。

喘いでいたユリアナの唇がディランの唇で塞がれ、更に責められた。

「……んんっ！」

目の前がチカチカするのは、水晶のせいではなく痺れるほどの快感によるものだろう。

下から熱い飛沫を受け、官能の頂《いただき》を越したあとも、ユリアナの目の前は白く輝いていた。

「かわいかったよ」

達してぐったりとディランにもたれかかったユリアナの耳に、彼の満足そうな声が届く。

「……恥ずかしいわ……わたしなんて……」

あられもなく乱れてしまったのと、ターミアほど綺麗でない自分を恥じていた。

「あなたはもっと自分の魅力に自信を持っていいと思うよ」

「……そんなものないわ」

魅力などどこにもないと返す。

「ここは私のとっておきの場所だ。ここに連れてきただけでなく、我慢できずに抱いてしまうほど、私はあなたの魅力にやられている」

ディランの言葉にユリアナは顔を上げた。

「……嬉しいことを、言ってくれるのね」

ユリアナは笑みを返す。

「他の誰よりも、そしてここにある宝石よりも、貴女は魅力的に輝いているよ」

甘い言葉を口にして、ディランはユリアナの頭を撫でた。

「ありがとう……」

微笑みながら目を伏せると、ディランが顔をかしげてユリアナの耳に口を近づけてきた。

「まだ少し時間があるから……もう少しいいかな？」

「……え？　ええ……」

もう少しここにいたいという意味かと思ってうなずく。けれど、ディランの言葉はそういう意味ではなかった。

「……っ！」

ユリアナの身体が水晶の長椅子に倒される。蜜壺の中にはまだディランの熱棒が挿入されたままで、彼が腰を押し付けてきた。

「ありがとう。今度は私が上になるね」

嬉しそうにユリアナの膝裏を抱えている。

「あの……あ、ああっ」

困惑するユリアナの蜜壺に、再び熱棒が奥深くまで挿入された。もう少しというのは、熱い交わりのことだったのである。

「ひ、あぁ……そんな……」

抽送が開始され、熱を孕んだ快感が急速にやってくる。

「あなたに上からしてもらうのもいいけれど、こうして私が存分に挿れられるのもいいね」

ユリアナのいいところを狙ってディランが突き挿れてきた。

洞窟内に淫らな水音とユリアナの喘ぎ声がこだまする。一度達した身体はすぐに反応を始めて、ユリアナを快感の沼に引きずり込む。

背中に冷たい水晶の座面が当たっているけれど、寒さは感じない。逆に熱くて堪らなかった。淫らで熱い交わりは、ディランの熱い精を注がれるまで続いたのである。


島遊びを終えて船に戻ると、ユリアナはベッドでぐったりとした。

(腰に力が入らないわ……)

激しくて熱い交わりに疲労困憊《ひろうこんぱい》だ。ディランは仕事があるからと船に戻ると、船長室へ行ってしまっている。

(財力だけでなく体力もあるのね。……不思議な力もある?)

甘い言葉を囁かれ、深い口づけをしていると、いつの間にかドレスやコルセットを脱がされていることがある。先ほども水浴用ドレスを簡単に下ろされていて、下衣も取られていた。そして、終わって気が付くと元に戻されている。

彼の巧みな愛撫《あいぶ》によって乱され、官能の沼に溺れて意識が朦朧としているからに違いない。初めての時も、変な夢の中でしてしまったのだ。

(もっとしっかりしなくては)

ユリアナは自分を叱責するけれど……。

ディランの手に触れられると、意識がふんわりして幸福になる。そしてそのまま、淫らなことや恥ずかしいことを、彼の腕の中で悦びながらしてしまうのだ。

（だって、素敵だし優しいのだもの……）

洞窟へ行く前に、飛んできた熱い貝から守ってくれたことも思い出す。

あんなこと、これまでの自分の人生の中で一度もなかった。守られ、愛され、官能の熱を与えてくれたのは、ディランが初めてだ。

今後、彼よりも自分を愛してくれる素敵な男性が現れることがあるだろうか。

バスクラン王国にいる貴族の青年たちに、あんな男性はいない。探すなら外国の貴族か国内の平民ということになる。

それなら、自分の結婚相手はディランでいいのではないか。というか、ユリアナの中では、ディラン以外に考えられなくなっている。

（でもきっと、お父さまが激怒なさるわね）

公爵令嬢の結婚相手として平民の外国人は相応しくない。

以前のユリアナなら、そこでディランとのことは終わりにしていただろう。

けれども……。

（身分が高くても、他の男性《ひと》なんて嫌だわ）

これまでは身分が何よりも大切で、公爵令嬢というプライドを保ったまま上を目指すには王太子妃になるしかないと考えていた。だが、王太子妃になることなど、本当はなんの価値もなかった。

ディランに優しく愛されると、とても幸福な気持ちになる。同年代の令嬢たちと気さくに交流するのも楽しい。

みんなで笑いながら生活できることの大切さ、パートナーに愛される悦びを、ユリアナは知ってしまったのだ。

「わたし、あの方が好きだわ……ずっと一緒にいたいほど、愛している」

言葉に出してみると、自分の中でディランに対する気持ちがはっきりしてきた。容姿も声もしぐさも好みの彼に、優しく愛されて生きることはなにより幸せだ。

ずっと一緒にいたいと思う。

(彼の身分なんてもうどうでもいいわ)

バスクラン王国で身分やプライドに縛られながら生きるより、ディランと世界中を回りながら暮らす方がいい。

ディランがユリアナを大事にしてくれるのは、婚約者が公爵令嬢だと彼に箔がつくからである。本当の愛ではないことくらい承知している。

だけど、ユリアナを大事にしてくれるのなら、それでいい。

(それに、シェルラン公爵家にとっても利益になるはずだわ)

公爵家は様々な事業に携わっている。外国との貿易も手広くしており、ディランが姻戚になればそれなりの利益に繋がるだろう。

父公爵を説得すれば、不可能ではないかもしれない。

シェルラン公爵家は、三代前の王弟であるシェルラン王子が臣に下って興した公爵家である。バスクラン王家から土地や財産を分与されたので、それなりに裕福な家だ。

現国王とユリアナの父は『再従兄弟《はとこ》』な関係で、それなりに親交も深い。だから親同士でハンスとユリアナの婚約は決められたのだ。

しかしながら、それを王族側のハンスが破棄したのだから、父公爵としてもどうすることもできないだろう。

バスクラン国王は、自分に似た嫡男のハンスを溺愛している。だから、今回の婚約破棄もすんなり了承するに違いない。あの平民令嬢をどこかの伯爵の養女にし、身分を上級貴族にするという裏技を使えば王太子妃にするのも可能なのだ。

(好きにすればいいわ。わたしも好きにするもの)

ユリアナの中で、ディランの妻になる決心が固まっていく。

「明日、ディランに結婚を承諾することを伝えよう。きっと驚いて、そして喜んでくれるに違いないわ」

バスクラン王国の公爵令嬢が元婚約者だった、というだけでもディランの仕事ではありがたい知名度になると言っていた。結婚して妻となればもっといいはずだ。

二人の未来にわくわくしながらユリアナは眠りについた。

翌朝。

「ディランは？」

朝食の席で侍女のマーズに問いかける。

ユリアナが目覚めた時、ベッドには他に誰もいなかった。自分が寝ていた場所以外は乱れていないので、ディランは昨夜戻ってこなかったらしい。

「マクリル商会の方々と、深夜から会議をなさっておいでのようです」

ディランの侍女であるドルリーからそう聞いているという。

「昼間島で遊んでしまったせいで、仕事が滞ってしまったのかしら」

「それもございますが、何やら問題が起きているようですよ」

「問題？　何かしら」

「ドルリーさんも詳しくはわからないそうです。後でマクリル氏からお嬢さまにご説明があるのではないでしょうか」

「きっとそうね。じゃあ今日はどうしようかしら」

（結婚の告白をしようと意気込んでいたから、ちょっと肩透かしだわ）

ユリアナは心の中で肩を落とす。

「サロンにおいでになります？　お菓子をご用意いたしますが」

「そうね。そうするわ」

マーズの提案に同意する。

ユリアナはマーズが用意したシェルラン公爵家御用達《ごようたし》のお菓子を手に、サロンへと向かった。昼過ぎの早い時間だったせいか、サロンには二人しかいない。

「ユリアナさま、お早いですね」

メイリーンに声をかけられる。

「ええ。ちょっと暇になってしまって」

苦笑しながらメイリーンの隣に腰を下ろす。

「昨日はマクリルさんとお二人で、どちらに消えられたんですかあ」

パメラが意味深な笑顔で問いかけてきた。

「ふふ、内緒よ」

人差し指を唇に当てて笑顔を返す。

「パメラだってネイサル子爵とどこに行ってらしたの？」

メイリーンが問い返した。

「わたくしは許婚とお話していただけよ。メイリーンこそ、いい人ができたのでは？」

パメラは背筋を伸ばして答えたあと、メイリーンに視線を向ける。

「ああ、あの方は……残念ながらわたくしの相手ではなかったわ……」

表情を曇らせてメイリーンが答えた。

「なにかあったの？」

パメラが問い返す。

「とある男爵の子息だけれど、次男で婿入り先を探しているんですって。それで、侯爵令嬢のエレナさまを紹介してほしいと請われてしまったの」

「まあ、失礼な方ね」

「身分狙いは誰にでもあるけれど、それはあからさまで失礼ね」

ユリアナも眉間に皺を寄せる。

「本当ですよね。王太子妃になろうとしている平民娘もいるものね」

パメラがむっとして言ったあと、そういえば、と顔を上げた。

「わたくし、静かなところでネイサルさまとお話しようと岩場に行ったら、とんでもないものを見てしまいましたわ」

ユリアナとメイリーンに顔を寄せてパメラが小声で告げる。

「岩場？」

聞き返したユリアナにパメラがうなずいた。

「みんなのところから離れた岩場の陰で、王太子殿下とあの平民娘が淫らなことをしていましたのよ。昼間の外で」

顔をあからめてパメラが告げる。

（あの時の……パメラも見たのね）

「ええ？　外でしていたの？」

メイリーンが呆《あき》れ顔《がお》で問い返した。

「すごいところを見てしまったわよ。仰向けに寝ている殿下の上に裸の平民娘が跨《また》がって、腰を振っていたのよ」

ああいやらしいと両手を頬に当ててパメラが顔を横に振っている。

「それでどうしたの？」

自分たちは見られていなかったのかしらと思いながらユリアナが訊ねた。

「もっと奥へ行こうとしたんだけど、扉があって開かなかったの。だから引き返して浜辺の奥にしたわ。もちろんお話しかしなかったわ」

「本当にお話だけ？」

メイリーンが横目で問いかける。

「まあ、キスくらいはね」

そこまでよとパメラは肩をすぼませた。

（わたしたちのところには来られなかったのね）

あの扉はディランしか開けられないと言っていたのは本当だったのだ。見られていなくてよかったとユリアナは胸を撫でおろす。

「そういえばエレナは来ていないのね」

「お父さまのフォボル侯爵からお話があるから遅くなると聞いています」

ユリアナの質問にパメラが答えた。

「もしかして、ロサルク侯爵令息とのご縁談かしらね。昨日かなり仲良くなられたようだから、ご結婚の申し込みをされたのかも？」

メイリーンが推測する。

「でも年下でしょう？」

パメラが口を尖《とが》らせた。

「年下でもいいのでは？　身分は次期侯爵だし背は高いし、なによりエレナと相思相愛なら問題はないと思うわ」

ユリアナが告げるとメイリーンは大きくうなずく
「そうですよね。身分や年齢よりもお相手との気持ちが大切ですわ。ユリアナさまもそれでディランさまを選ばれたのでしょう」

「ええそうよ」

当初は違っていたが、今はそうなのでユリアナは自信を持って肯定した。

「言われてみればそうですね……わたくしもネイサルさまとは相思相愛ですわ。違う方となんて、嫌ですもの」

パメラも納得の表情で同意する。

「ではエレナや皆の分は残してお菓子をいただきましょうよ」

ユリアナの提案に二人は賛成し、お菓子を食べ始める。

「昨日は日焼けをしてしまったわ」

お菓子を持つ手を見てパネラが顔を顰める。

「そういえばわたしも、腕がちょっと赤いわ」

ユリアナも肘のあたりに目を向けた。

「浜辺に行くと赤黒くなりますよねえ。ヒリヒリする時もあるし」

頬に手を当ててメイリーンがつぶやく。

そんな感じで他愛のないことをしばらく話していたのだが……。

「今日は人が来ないわね」

ユリアナがサロンを見渡す。いつまでも三人だ。いつもならこの時間になると大勢の女性たちでサロンは賑《にぎ》わうのに、なぜか誰も来ない。

「わたくしがエレナさまにサロンに行くとお伝えしたら、後でいらっしゃると言ってらしたのに」

パメラも訝《いぶか》しげな表情をしている。

「皆を呼んでまいりましょうか」

メイリーンが腰を上げようとした時……。

「待って、足音がするわ」

デッキの方から靴音が響いてきた。カツカツと走っているような音である。

「皆さままだこちらにいらしたの？」

サロンの扉が開き、深刻そうな表情のエレナが姿を現す。

「あっ！　エレナさま！　やっといらしたんですね」

パメラが立ち上がる。

「まだこちらにとは？」

ユリアナが問いかける。

「お聞きになっていませんか。大変なことが起きましたのよ」

肩で息をしながらエレナが答えた。知的な冷静さをもつエレナにしては珍しい。

「何があったの？」

侍女に椅子を引いてもらって座るエレナに、ユリアナが問い返した。

「まだ詳しいことはわからないのですが……」

「ええ……」

深刻な表情で話し始めたエレナを、サロンにいた三人が凝視する。

「バスクラン王国で大事故が起こったそうです」

小声で告げられた。

「……大事故がどこで？」

「イニセル炭鉱で、です」

ユリアナにエレナが答える。

「炭鉱ですって？」

イニセル炭鉱は、良質の石炭が採れることで有名だ。大半を外国に輸出しており、バスクラン王国最大の収入源となっている。

「大爆発があったそうです」

「爆発ですってぇ？」

パメラが手を広げて仰天した。

「……なんてこと。被害はどうなの？」

深刻な表情でユリアナが訊ねた。

「あたくしの父が得た内容によると、一週間前に坑道が崩落し、その五日後に大きな爆発が起きたそうです」

エレナの父であるフォボル侯爵は、王国の重臣の一人だ。この船には、バスクラン王国の主立った貴族が半数近く乗っていた。

「一週間？　そんな前に？」

「初めの爆発は小さなもので、大したことはないようでした」

エレナの父にも知らせが来なかったらしい。

「けれどもあそこの地盤は弱いので、そういう事故の情報もすぐに欲しかったとお父さまが嘆いていたわ。心配されていたとおり、修復が遅れているうちに、そこから徐々に崩壊していったそうよ」

崩壊していく過程でガスが発生し、それが爆発の原因らしい。

「爆発はかなり大規模で、炭鉱の再開は十年以上かかると見込まれているとか」

エレナが父侯爵から聞いたのはそこまでとのことだ。

「それは深刻な事態ね」

サロンのテーブルに頬杖《ほおづえ》をついてユリアナはつぶやく。

バスクラン王国の経済は、イニセル炭鉱から豊富に採れる石炭に依存している。それゆえ他の産業があまり育っていない。

炭鉱がダメになると、国内の経済に大きく影響する。この船に乗っている貴族のほとんどが、炭鉱関係で利益を得ていた。だからこんなふうに大勢で、豪華客船の長期航海に出て遊んでいられたのである。

ユリアナのシェルラン公爵家は他の貴族とは違い、農業や農水産加工業が主な事業のために、父公爵も運営と管理に忙しかった。豪華客船で長期に遊ぶような暇はないので、今回の航海にも参加していない。

「ケガ人も大勢出たのかしら」

まずはそこが心配だ。

「坑内に人がいなかったため、そういった者はいなかったみたいですよ」

坑道の修復のために作業ができず、抗夫たちは自宅や寮で待機していたそうだ。

「人的被害がなかったのは不幸中の幸いね……」

ユリアナはほっと胸を撫で下ろす。

「失礼いたします。一等客船の皆さまには、ホールにお集まりいただきたいと、船長と船主からの伝言でございます」

上級担当の船員がやってきて、サロンにいるユリアナたちに告げた。

「イニセル炭鉱の件かしらね」

腰を上げながらユリアナがつぶやく。

「おそらくそうでしょう。航海が中止になるのではないかしら。先ほど一報が届いてから、すでに皆がホールに集まっていますわ」

それでサロンに誰も来ていないのだ。

「そうですよね。王国の危機に王太子や貴族が船で遊んでいるわけにはいきません」

当然だわとメイリーンが立ち上がる。

これから大変なことが起きそうだとユリアナもホールに向かった。


ホールにはバスクランの主だった貴族の乗客たちがひしめいていた。皆が不安そうな表情でヒソヒソ話をしている。

船主のディランが上階から下りてくると話し声は止《や》み、皆の視線がいっせいに集まった。

「お集まりいただいた皆さま、すでにご存じだと思いますが、バスクラン王国の炭鉱で大事故が起きました。王国の根幹を揺るがす大惨事になっているとのことです」

ディランが皆に告げている。

「今回この船の運航はバスクラン王国の港を出発点としており、王国の方々を多く乗せております。それゆえ、特別に王国の港へ引き返すことにいたしました」

『引き返すのか！』

ディランの発表にどよめきが起こった。

「もし、次の港で下りたい方、そのまま客船の旅を続けたい方には、別船をご用意いたします。それにお乗りになれば、次港での下船および新たな客船の旅を継続いただけます」

『それは助かるな』

安堵《あんど》の言葉があちこちから聞こえる。

「ここまで十日以上かかっておるが、また同じ期間乗らなくてはならぬのか？」

老貴族がディランに質問した。

「それについては、船長と航海士から説明があります」

ディランが下がり、船長が前に出た。

「こちらはここまでの航路です。観光目的ですので、途中の島や風光明媚《ふうこうめいび》な場所をゆっくりと航行してまいりました」

航海士が持つ大きな海図を棒で示しながら説明している。

「バスクラン王国の港に戻るには、この航路をまっすぐに航行いたします。速度も二割ほど速くいたしますので、天候が崩れなければ四日ほどで着く予定です」

船長の説明に、皆が大きくうなずいた。

「四日なら、陸から戻るよりずっと速いな」

ユリアナの横にいた貴族がつぶやく。

「それでも四日か……もう少しなんとかならんか」

もう一人の貴族が苛《いら》ついた声で言った。

「わしらが急いでも、何の役にも立たんのでは？」

老貴族が問いかける。

「いや、そうでもない……バスクラン王国の通貨が暴落してしまう」

若い貴族の答えに、他の者たちが顔を引き攣らせた。

「なんだって？　ああでも、そうだな。あ、ありえる事態だ」

青い顔で狼狽《ろうばい》している。

「そういえば、ハンス王太子殿下はいらしていないのか？」

ハンスの姿はホールになかった。

「すでに事故を知っていて、国王陛下と連絡を取り合っているらしい」

「さすがの殿下も、平民娘と遊んでいるわけにはいかないということですな」

「当然じゃ。バスクラン王国の危機なんじゃぞ」

彼らの話を聞いていると、かなり深刻な事態に陥りそうな雰囲気だ。ユリアナはディランの元へ向かった。

「あ、あの、お話が……」

「うん。あなたも驚いただろう。あっちで話そう」

デッキへといざなわれる。ホールから少し離れた場所にあるテーブルの椅子に腰を下ろした。船は現在停船していて、波も穏やかだ。これからUターンして、バスクランに戻るのだろう。

「爆発事故がどのくらいなのか、ディランは知っているの？」

「先ほど着いた書簡鳥の情報によると、掘削場に壊滅的な被害がもたらされたらしい」

「なんてこと……」

両頬に手を当てて、ユリアナは目を見開いた。

「あなたの公爵家は炭鉱とは無縁だが、国内経済が混乱するので影響はあるだろう」

深刻な表情で告げられる。

「そうね……」

「バスクランの通貨は暴落し始めている。海外通貨による債権は一刻も早く処分しておかなければ、返せなくなる」

先ほど若い貴族が口にしていたのと同じ内容をディランが言った。

「急いでお父さまに知らせなくては」

書簡鳥を貸してほしいとディランにお願いしようとしたところ……。

「ごめん。すでにあなたの家には書簡鳥を飛ばしてある」

ディランから申し訳なさそうに告げられる。

「え……？　そうなの？」

驚いて問い返す。

「あなたに相談してからだと間に合わないと思ったので、昨夜遅く事故の一報が来た際に放っておいた。勝手なことをして済まないと思っているが、どうしても放っておけなかったんだ」

済まないと頭を下げた。

「勝手だなんて……ありがとう。感謝します」

ユリアナのことだけでなく、実家のことまで心配してくれたのである。

「これから王国は大混乱だろう。危惧していたことが現実となって、残念だ」

「このことを予測していたの？」

驚いて質問した。

「あなたとの婚約を発表した翌朝に、坑道が一部崩落した情報を聞いた。それで、嫌な予感がずっとしていたんだ」

苦しそうな表情でユリアナに答える。

「そんなに前から……そういえば、あれからずっと忙しそうにしていたのは、このことが関係しているの？」

はっとしてディランに問う。

「うん……実は、以前あの炭鉱に出資する話が持ち上がった際に、調査をしたことがあってね……。坑道が脆弱《ぜいじゃく》で、崩落事故が起きたら大事故に繋がる危険性大だという調査結果が出た。それで出資は断ったという経緯があったんだ」

今回の事故を聞いて、最悪の場合を考えて保有するバスクラン通貨や不動産などの処分を、陸にいるマクリル商会の者たちに指示していたのだという。

「……わたしの国は、これからどうなるの？」

不安な気持ちでディランを見上げた。

「これから多大な負債を抱えることになる。返済できなければ、王国の土地を切り売りすることになるだろう」

表情を曇らせてユリアナに告げる。

「……なんてこと……」

テーブルの上で組んだユリアナの手が震えてきた。ディランの大きな手が、震えるユリアナの手をそっと包み込む。

「ただしこれはバスクラン王家の負債だ。あの炭鉱の所有者は王家だけなのだからね。だから、他の貴族たちの土地には手が出せない。国際条約で決められているので安心していい」

ユリアナの実家であるシェルラン公爵領の土地は安泰だ、ということである。それにはほっとするけれど、不安は募るばかりだ。

「これから船を引き返させる。少し揺れるかもしれないから気をつけて」

言いながらユリアナの手を引き寄せた。

「詳しいことは夜に部屋で」

ユリアナの手の甲に口づけた。

ホールでの発表を終えると、ユリアナと令嬢たちはサロンに戻った。

「お父さまから良くないお話を聞いたわ」

フォボル侯爵令嬢のエレナが皆に言う。

テーブルにはお菓子がふんだんに載せられていたが、誰も手を付けない。そんな気分になれないのだろう。ユリアナも、喉に何も通りそうにない。

「どのようなお話を？」

ユリアナがエレナに問いかける。

他の者たちも不安そうな表情をエレナに向けていた。

「このままだと……バスクラン王国は倒産するそうよ」

「えええっ！　と、とうさん？」

エレナの言葉にパメラが驚愕する。

「来年度に生じる借金の支払いができなくなるのですって」

「どうしてですか？」

メイリーンが顔を顰めて質問した。

「バスクラン王国の国家予算は、石炭の売り上げを見込んでの先取り経済なんですって」

「先取り？」

パメラが首をかしげる。

「すべてを債権で賄って、売り上がった石炭の収益で翌年に支払いをしているのよ」

エレナがパメラに説明した。

「そのお話は、わたくしも父伯爵から聞いたことがあります。事故で来年度の支払いができなくなると、債権が不渡りになるのですよね」

メイリーンが納得したようにうなずいている。

「じゃあ国が倒産してしまうってこと？」

パメラが悲壮な表情で言う。

「倒産するのは国ではなくバスクラン王家だと、ディランから聞いているわ。炭鉱は王家所有で、わたしたち貴族は恩恵に与《あずか》ってはいないのよ」

ユリアナがパメラに答えた。

「王家の倒産と国の倒産は違うの？」

わからないわとパメラが首を振る。

「同じだけれど、負債は王家のものだから、差し押さえられるのは王家の土地や財産になるわ」

「そうなのねえ。じゃあわたくしたちの家は大丈夫なのね」

ほっとした表情でパメラが手を胸に当てた。

「大丈夫ではないわ。バスクラン王国がなくなってしまうのよ。王国の中で授与されていた貴族の位も消滅するってことよ」

　エレナの説明にパメラが目を見開いた。

「お、王国がなくなるなんて、ありえるの？　貴族の位が消えてしまうなんて、信じられないわ」

「それはわたしも初めて知ったわ」

　ユリアナも驚く。

「借金を取りまとめて、一番多いところが管理することになるわ。どこかの国の属国になるか大国に併合ということもありえるわね。どちらにせよ、あたくしたちは貴族ではなくただの領主一族ということになるの」

「そんな！」

　エレナの言葉を聞いてパメラが悲鳴に近い声を出す。

（貴族ではなくなる……）

　ユリアナも衝撃を受けている。

「そうなると、ディランさまとのご結婚に、障壁がなくなりますね」

　ふとメイリーンがつぶやいた。

「えっ？」

　驚いて横を見ると、メイリーンとエレナが揃ってうなずいている。

「そうですわね。唯一の問題が身分の差でしたものね。シェルラン公爵さまもきっとすぐにお許し下さいますわ」

エレナがユリアナに言った。

「そ……そうね……」

「わたくしたちもこれからは、身分よりもお相手の人柄と経済力を主軸に選ばなくてはならなくなるわね」

メイリーンがしみじみとつぶやく。

「わたくしもディランさまのような素敵な平民男性を見つけたほうがいいかしら」

パメラが人差し指を頬に当てて言う。

「ネイサル子爵はどうなさるの？　あの子爵家はかなりの資産家よ。土地も結構あるのでは？」

エレナに言われてパメラははっとしている。

「そうだったわ。やっぱりネイサルさまでいいわ」

すぐさま考えを翻す。

「まったく、お気楽なんだから」

メイリーンが呆《あき》れ笑いをしている。

「でも、あたくしたちも考えを柔軟にしなくてはならないわ。これからは貴族との結婚だけが最良の道ではなくなるかもしれないのだから」

エレナが冷静に告げた。

「そうね。バスクラン王国と貴族の地位がなくなるのなら、領地の運営もこれまで通りにはいかなくなるものね。それに対応できる新たな女性の生き方が必要だわ」

メイリーンが真剣な表情で告げる。

（みんな逞《たくま》しいわ……）

バスクラン王国がなくなってどこかの国の管理地になろうとも、彼女たちのような者たちがいればなんとかなるかもしれない。

（……でも……）

ユリアナは自分のことを考えて、複雑な心境になる。シェルラン公爵家も領地は広く、運営している事業も安定している。とはいえ、公爵の地位がなくなるのはとても困るのだ。

今朝ユリアナは、『ディランと結婚したい、身分差があっても構わない』と、決意したばかりである。

だが……。

ディランは平民のユリアナと結婚したいのではない。バスクラン王国の公爵令嬢という身分を持つユリアナを、妻にしたかったのだ。

マクリル商会の経営者は、公爵令嬢を妻にできる優秀さがあり信用に値すると、取引先に知らしめるためである。

それなのに、爵位が結婚前に消えてしまったら、ディランはどう思うだろう。

ユリアナには公爵令嬢という肩書きがなくなったら何もない。ターミアのような美しさやエレナのような知的さ、メイリーンのような人柄の良さ、パメラのような無邪気さ……。

（わたしって……）

身分以外に魅力がないことを改めて自覚する。

今後、もし高い身分で魅力的な女性が現れたら、ディランはその人を妻にしたいと思うのではないか。ハンスと同じように、ユリアナをあっさり棄てるかもしれない。

（棄てられる……）

思っただけで、背筋がぞっとした。

あの時の衝撃が蘇る。

自分のすべてを否定された苦しさ。

皆の前でゴミのように放棄された惨めさ。

二度と味わいたくない苦汁。

「ユリアナさま、どうかなさいましたか？　とても難しいお顔をなさっておいでですが」

メイリーンに声をかけられてユリアナは顔を上げる。

「あ、いいえ。大変なことになると思うと心配で……」

「そうですよねえ。わたくしも気分が重苦しいですわ」

パメラがうなずいた。

「少し外の風に当たってくるわ」

ユリアナは立ち上がると、サロンの出口へ向かう。

(炭鉱の爆発ですべてがなくなってしまうなんて……)

このような事態になる前に、バスクラン王国の重臣たちはなぜ対策を怠っていたのか。気づいていなかった自分にも腹が立つ。

(でもわたしに何ができたかしら……)

ずっとハンスの言いなりで意見ひとつできなかった。だけどそれは、このような事態になってしまったからには言い訳にしかならない。

サロンから出て、鬱々とそんなことを考えながら廊下を歩いていると、ユリアナの前に男性の足が見えた。

「おい」

顔を上げると、正面にハンスが立ちはだかっている。

偉そうに腰に手を当てて、ユリアナを見下ろしていた。

「殿下……」

いつもより表情が険しい。炭鉱の件で厳しいことになっているからだろう。

「女はいいよな。この非常時にサロンでお茶会かよ」

口の端を上げて嫌みったらしく言われた。

「あの……何か？」

眉を寄せて問いかける。

「何かだと？　おまえ自分の立場をわかってるのか？」

鼻の穴を膨らませて問い返された。

「どういうこと？」

怪訝な表情でハンスを見る。

「どうもこうもない。おまえの婚約者にバスクラン王国への資金援助をさせるんだよ。炭鉱の爆発で我が国が倒産するかもしれないんだからな」

そのぐらい察してさっさとやれと付け加えられた。

「どうしてわたしがディランに援助を頼まなくてはならないの？」

まったくもって理解できない内容である。

「そうしないとバスクラン王国が滅びるかもしれないからだよ。国がなくなれば、おまえだって公爵令嬢ではなくなるんだぞ」

呆れたような目を向けられた。

「わ、わかっているわ」

だからそれについて思い悩んでいる最中である。

「バスクラン王国での身分がなくなれば、おまえの価値なんてないだろ。速攻であの男から棄てられるんだぞ」

たった今ユリアナが恐れていることをハンスが口にした。

「そんなこと……」

ないとは言えなかった。けれど、ハンスのためにバスクラン王国へ援助をしてくれと頼むのは違うと思う。

「え、援助が欲しければ、ご自分で頼めばいいわ」

ユリアナの仕事ではないと冷たく返す。

「なんだと？　王太子の僕に逆《さか》らうのか！」

目を吊《つ》り上げてユリアナを睨《にら》み付《つ》けた。

「……そうよ。バスクラン王国がなくなったら、わたしが公爵令嬢でなくなるのと同じく、あなたただってただの平民だわ！」

生まれて初めて、強い口調でハンスに反論した。

「だ、だまれ！」

真っ赤な顔でハンスが震えている。

「黙らないわ。バスクラン王家が倒産して王国がなくなったら、平民どころか貧民じゃなくて？」

「えっ？」

「わたしの家は炭鉱とは関係ないわ。身分がなくなるだけで、広大な領地はそのまま維持できるもの。

これまでとほとんど変わらないわ」

久々に、ツンとした公爵令嬢の表情で見返す。

「ひ、貧民になるわけないだろ。僕は……王太子なんだぞ」

こぶしを握って反論してきた。

「このままだとなるわ。だって、あなたは何もしていないじゃない。遊んでいるか逃げ隠れるだけで、今回の事態に何か対処したの？　ここでわたしを待ち伏せて、ディランに援助させろと命じることだけではなくて？」

思い切り図星を突く。

「……くっ！」

ハンスはこぶしを握り締めたまま、言葉を返せなくなっている。

「ディランは炭鉱が崩落した時から、詳細な情報を漏らさず得るようにしていたと言っていたわ。それによって対策を錬《ね》ったり部下に指示を出したり、ずっと忙しく働いていたのよ。あなたはその間、何をしていたの？」

冷たい視線をハンスに向けて問う。

「う……うるさい！」

ハンスが大声で叫んだ。

「もうおまえになんか頼まない！」

踵を返すと、廊下を走るようにユリアナから離れていく。

（あの人も……王太子という身分以外に取り柄がないのね……）

自分と同じだと思うと、ため息しか出ない。

がっかりしながら、ユリアナは反対方向に歩き出した。

（これからどうしよう）

『国がなくなれば、おまえだって公爵令嬢ではなくなるんだぞ』

ハンスの言葉がユリアナの胸に突き刺さる。

ディランとの結婚を決意した時点で、もう身分などどうでもよかった。けれど、ディランにとっては公爵家の令嬢でなければ、ユリアナを妻にする意味がないのだ。倒産して消滅した王国の元公爵令嬢では、不要なゴミ程度の価値しかない。

（わたしはもう……要らない存在なのだわ）

やっとディランに対する想《おも》いに向き合えたのに、それは一瞬で消えてしまった。残ったのは、叶わぬ想いである。

（ディランと一緒になれない……）

頭の中に浮かんだディランの美しい笑顔。優しい眼差しをユリアナに向けて愛を語り、綺麗な指で触れてきた。

あの眼差しや優しさ、そしてときめく触れ合いの時間を失ってしまうのである。

思った途端にユリアナの瞳から涙が溢れた。

「う……っ」

悲しみがどんどん募っていく。

顔を覆ってここで泣き崩れてしまいそうだ。

（だめよ……泣いては……）

これから特別客室に戻って、ディランと話をしなくてはならない。

ユリアナが貴族の身分を無くすことを知ったディランに棄てられるよりも、自分から事情を話して別れた方がいい。

これまで優しくしてくれたことへの感謝と、婚約破棄で辛い目に遭わないように配慮してくれたことのお礼を伝えよう。

（マーズに命じて、荷物を一等客室に戻してもらわなくては……）

妻になる資格がなくなるのだから、いつまでも贅沢にあそこで暮らしてはいられない。ディランは優しいから、彼の口からユリアナに出ていけと言いにくいだろう。

ハンスから婚約破棄をされて、恥ずかしいから偽装婚約で特別客室にいさせてもらったけれど、これ以上彼の優しさに甘えてはいけない。

けれども、別れを思うと堪えきれずに涙が出てしまう。涙はポトポトと落ち、立ち止まったユリアナのドレスや廊下を濡らしていく。

ディランを失うことが辛くて堪らない。

(こんなことになるなんて……)

ユリアナはポケットからハンカチを取り出して目元を押さえる。繊細なレースのそれは、ディランがユリアナにプレゼントしてくれたものだ。

(このドレスも、宝飾品も、靴も……)

いつのまにか、ディランの用意したものに全身包まれていたことに気づく。ドレスを脱いだら、ベッドで彼の腕に包まれていて、いつもディランにユリアナは守られていた。

これからのディランがいない生活を思うと、どうしていいのかわからない。けれど、今は彼に別れを告げなくてはならないことだけは確かだ。

ディランに別れを告げて彼を解放し、ユリアナも他の令嬢たち同じく新たな道に進んでいかなくてはならないのである。

(それがわたしにできるディランへの感謝と愛の証だわ……)

涙をぬぐってユリアナは再び歩き出す。

すると……。

(……あれは?)

廊下の先に人影が見えた。背が高く身なりのいい男性と小柄な女性がいる。

この廊下は特別客室に通じているので、男性はディランに違いない。

（では女性は？）

近づいていくと、ストロベリーブロンドの長い髪と白い腕が目に入る。

はっとしてユリアナは足を止めた。

第七章　嫉妬と真相

（なぜ……ターミアが？）

思わず廊下横にある救命具の棚に隠れてしまった。そっと聞き耳を立てると、ターミアの話し声が聞こえてくる。

「あの国、倒産するんですってね」

いつものたどたどしいしゃべり方ではない。別人のようにしっかりした口調で、とても張りのある声だ。

「このままだとね。……バスクランの王子さまはどうしたんだ？」

腕を組んで立つディランが、ターミアを見下ろして問いかけている。

（二人は顔見知りなの？）

どことなく親しげな雰囲気が伝わってきた。

「倒産する国の王子なんて、利用価値がないわ」

手のひらを上に向けてターミアが答えている。

「なるほどね……」

「あの公爵令嬢だって、これからは平民なんでしょう？」

くすくす笑いながらディランに告げていた。

「国がなくなったら、そうなるな」

ディランの言葉がユリアナの胸に突き刺さる。

（もうわかってしまっているのだわ……）

落胆しながら彼らの様子をうかがう。

「利用価値がないのなら、婚約も破棄かしら？」

ターミアの言葉が、さらに深くユリアナの胸に刺さった。やはりディランにとって、ユリアナは公爵令嬢という利用価値があるだけの存在なのである。

（知られる前にわたしから婚約破棄を伝えたかったのに……）

唇を噛みしめる。

「おまえは破棄したのか」

ディランが冷たく問い返した。

「当然よ。お金も地位もない男なんて、魅力ないもの」

ターミアがあっさり肯定する。そして、白くて細いターミアの腕が伸びて、ディランの腕に絡みついた。

「だろうな」

うなずきながら腕にぶら下がるターミアに告げている。

ユリアナのいるところからディランの表情は見えない。ターミアの顔は見えていて、いつにも増して妖艶さが漂っていた。

「私をよくわかってくれているのね」

嬉しそうに言うと、身体をディランに寄せている。彼女のドレスは薄手で、身体の線がはっきりと見えていた。

細い身体にしては豊満な乳房を、ディランの腕に押しつけている。まるで『さわってもいいわよ』というふうに……。

それを目にした瞬間、ユリアナは物陰から飛び出してしまった。ディランたちの方に駆け寄り、ターミアの腕を掴む。

「この方に触らないで！」

叫ぶような声でターミアに命じ、彼女をディランから引きはがした。

「きゃっ、な、なにをするの？」

腕をさすりながらターミアが声を上げる。

「ディランはわたしの婚約者よ！　あなたになんか触られたくないのよ！」

強い口調で告げるとターミアを睨みつけた。

「またあたしに婚約者を取られるとでも思った？」

鼻で笑いながらユリアナに皮肉っぽく言う。

「お……思ったわ……」

不本意ながらもユリアナはうなずいた。

「あら……正直ね。」

ターミアが驚いている。

「私をこの子に取られたくないと、走ってきてくれたのか？」

ディランも驚きながら問いかけてきた。

「そ……そうよ……」

気まずい表情でユリアナは横を向く。

「以前は婚約者を私に盗《と》られても、別にって感じだったのにねえ」

ターミアから横目で笑われる。

「前は、ハンスの時は、構わなかったわ……」

ユリアナはターミアに顔を向ける。

「わたしが大切にしていたのは王太子妃になることで、ハンスが誰と一緒にいて何をしようとも、平気だったわ」

そこまで言うと、ユリアナはディランを見上げた。

「……？」

ユリアナに見つめられて、ディランは戸惑った表情をしている。

「あなたとも……最初はそうだった」

ユリアナの言葉にディランが無言でうなずく。

「皆から嘲笑されたくないのと婚約破棄をしたハンスを見返したくて、わたしはあなたの婚約者になったのよ」

「それは承知の上だったが？」

わかっているよという表情を返されると、ユリアナは泣きそうになる。

「でも今は違うわ。あなたのおかげで、わたしは人としての優しさや愛情がとても大切だと気づくことができたの」

「私の？」

ディランが少し驚いている。

「そうよ。初めはあなたが与えてくれる優しさにすごく癒された。それから、自分の思うままに生きる楽しさを教えてもらえて……」

ユリアナはそこで一度言葉を切ると、ディランから視線を外した。

「本当の愛ではなくとも、大切に愛《いつく》しまれる悦びや幸福を実感できた。わたしは日増しに、あなたに惹かれていったの」

ユリアナはターミアを見る。

「そして先ほど、この人と親しげに話をしているところを見て……思わず割って入ってしまうほど、嫉妬してしまった」

恥ずかしさと自分への情けなさに、ユリアナは眉間に皺を寄せてうつむいた。どういう顔でディランを見ればいいのかわからない。

「嫉妬するほど私を愛してくれているということだね」

ディランの言葉に、下を向いたまま首を縦に動かす。

「……今更あなたにとっては迷惑なことだと思うけれど……」

小さくつぶやく。

「なぜ私が迷惑と思うのかな？」

心外だという口調で問いかけられた。

「だって私は……」

ユリアナは顔を上げる。

「この方が言っていたとおり、バスクラン王国の公爵令嬢という身分を失うかもしれない。失ったら、わたしは倒産した王国に住むただの娘になるわ」

「身分がなくなったあなたを、私が迷惑に思うと？」

むっとした表情で問われた。

「そうなるまえに、わたしからお別れします。このことを後から知ったあなたから、隠していたと責められ、価値のない人間だと棄てられる前に……」

「私は……」

ユリアナの話を聞き終えたディランは硬い表情のまま口を開いた。

「バスクラン王国を立て直すために、あなたは私に資金援助を申し入れるとばかり思っていた。私にはそれだけの力があることを、知っているはずだ。それなのに、なぜそうしない？」

ディランに詰め寄られ、ユリアナは首を振る。

「これ以上あなたに援助の無心をするわけにはいかないわ。今までは、私の身分とあなたの事業でバランスが取れていたけれど、今回の援助はあなたにだけ大きな負担を強いることになるもの」

きっぱりと告げた。

「それでもバスクラン王国が助かるのだよ？　あなただけでなく、他の貴族の者たちも大いに助かるだろう」

ユリアナがディランに援助をお願いするだけで、仲良くなった令嬢たちも貴族として変わらず生活していけると言う。ユリアナの心を大きく揺らす言葉だ。

けれども……。

「……いいえ、それはダメよ……」

険しい表情でユリアナは拒否する。

「ここであなたに援助を受けてバスクラン王家が窮地から脱しても、いつかまた同じようなことが起こるわ。もしハンスが国王になったら、長くはもたないでしょう。いずれ王国は崩壊する。はっきり言えば、あなたの援助は泡沫《ほうまつ》に帰すだけなのよ」

バスクラン王家を中心とした国家体制で後継者がハンスである以上、手を差し伸べる価値はないのだと訴えた。

「確かにそれは言えるわね」

ターミアが背後で相槌《あいづち》を打っている。

「あと、皆には、あなたとの婚約破棄はわたしから告げたと言うわ。あなたに悪評が立つような迷惑をかけたりしないから」

ディランを安心させようとユリアナは補足した。

「あなたにとって厳しい話を、よく話してくれたね」

「いずれわかることですもの……」

「だが私は、あなた自身が好きなのだから、公爵令嬢という身分の有無は関係ないんだが？」

そこだけは訂正したいとディランが言った。

「わたしとの婚約は、事業のためでしょう？」

ユリアナは首をかしげて彼を見上げる。

「それは……あなたが負担に思わないためだった」

「公爵令嬢でないわたしでも、好きだということ？　でも、どうしてそのことを言うとわたしが負担に思うの？」

　よくわからない。

「私があなたへの好意によって婚約者になってほしいと言ったら、私の想いを利用していると気に病むと思ったからね」

「だから嘘の理由で婚約をしたの？」

「……他にも……理由がある」

　問い詰めるユリアナに、ディランが難しい表情を向けた。

「どういう？」

　これ以上何があるのだろうかとユリアナは怪訝な表情になる。

「このことは……もっと早くあなたに話さなくてはならないと、ずっと思っていた……」

　意を決したようにディランが息を吐いた。

「な、何を？」

　驚いて見上げる。

「私は……実は、人間ではないんだ」

　ディランの言葉にユリアナは目を見開いた。

「え……？」

（人では……ないって？）

「言わずにいてすまない」

揃った睫毛を伏せてディランが頭を下げる。

「そ……それは、どういうことなの？」

ユリアナは困惑してディランに質問する。

「あなたの記憶に残っていないようだから、あえて言わないようにしていた。けれど、普通の人間のフリをして、いつまでもあなたの婚約者でいられるものでもないんだ」

ディランが申し訳なさそうに話す内容を聞いているうちに、ユリアナは記憶の底にあるものが浮上してくるのを感じた。

「もしかして……夢で見た……海の王？」

ユリアナが目を見開いてつぶやくと、ディランが大きくうなずいている。

ぼんやりとだが憶えている海の王の記憶は、やはり夢ではなかったのだ。

（やっぱり……！）

「こうして人間界で暮らしているけれど、私は海の国も統治している」

「人間ではないの？」

見かけだけなら人間と同じである。ヒレもウロコもなく、指の間に水かきもない。肌は滑らかで瞳の虹彩《こうさい》も普通だ。

「姿は人と一緒だが、海の中では魔力が使える」

「それは魔法の力？」

「船や海の近くでも多少は使えるが、海の中ならそれなりにね。あと、海の中ではあまり衣服を着ていない。人間と人魚の間のようなものだ」

「そう……なのね……」

忘れていたことと知らないことがごちゃまぜになってきてユリアナは困惑する。

「こんな私の妻になど、なりたくないですよね」

諦めたような目を向けられた。

「何を言っているの？　あなたはわたしの命の恩人なのよね？」

「それはまあ……私が助けなければ、他に助けられる者はいなかったと思う」

落ちた海は深く、ボートや救命浮き輪などでは助けられなかったことぐらいユリアナにもわかっている。

「わたしはあの時、あなたがいなければ死んでいたわ。いいえ、あの時点で昔のわたしは死んでいたのよ」

曖昧だった記憶が徐々に鮮明になっていく。

「わたしはあなたに助けられて生まれ変わり、あの海の王国で新しい人生が始まったんだわ」

まっすぐにディランを見上げて告げる。

「生まれ変わって私と一緒になったと？」

はっとした表情でディランが問いかけた。

「溺れて死にそうな時、あなたのような素敵な方と夢でも一緒になれて嬉しいと思った。初めて会ったときのあれが夢ではなく現実だったことが、今は嬉しいわ」

しみじみとした口調でユリアナは返す。

「ただ……あなたと出会ったのは……あの時が初めてではないんだ」

「その前に会っているの？　いつかしら？　船の夜会で？」

この船に乗ってからの記憶をたぐるが、思い出せない。いくら周りに興味がなくとも、ディランほどの美青年なら見ただけで憶えているはずだ。

「この船に乗る前だよ。あなたがシェルラン公爵家の船に乗っている際に出会っている」

「ハンスが高波に攫《さら》われたときの？」

「そうだよ。ヨットのギャレーに美しい人がいるなと海の中から眺めていたら、上のデッキにいた男が高波にやられて落ちてきた」

それで助けて男を浜に運んだそうだ。

「あの時の方なの？」

ユリアナの質問にディランがうなずいている。

「緑色の服を着ていて、今よりも長い髪をしていたわよね？　ケガをしていたのに浜からいなくなってしまって、心配したのよ？」

記憶をたぐりながら問いかけた。

「当時私は海にいて何も身に着けていなかったから、海藻に魔法をかけた簡易服を急遽纏《きゅうきょまと》って彼を助けたんだ」

「あの緑色の布は、海藻で作られた服だったのね」

綺麗な翡翠《ひすい》色だったのを思い出す。

「陽射しが出てきたから、長くは浜にいられなくてね」

海藻の服は、陽に当たって乾燥したら縮んでしまうらしい。

「そういう事情だったのね」

「あの時、ケガをした私の腕にリボンを巻いてくれた優しさと、あなたの美しさが私は忘れられなかった。そんななか、私が人間界で経営している会社の船に乗る情報を得た」

それで船主用の特別客室に滞在して、出航してからずっとユリアナを上から見ていたという。

「わたしを見てくれていたから、海に落ちてもすぐに助けてもらえたのね」

「遠くからそっと見守るだけにするつもりだったんだ。だが、婚約者からひどい目に遭わされていて、放っておけなかった」

追いかけていくと海に落ちていくユリアナが見えて、ディランも飛び込んだ。

「海に沈んでいくあなたは、絶望感で死にたいと私に訴えてきた。愛しさと生きてほしいという想いから、私のものにしてしまった」

「そこまで思ってもらえていたなんて……嬉しいわ」

感動の眼差しでディランを見上げる。

「私が人間でないと知っても、嬉しいと？」

心配そうに聞き返された。

「身分のない人間のわたしでもいいの？」

「海の王の妃になってくれるのなら、あなたが何者でも構わないよ」

「でもわたし、海に住むことはできないのよ？」

海の王の妃なのにそれでいいのだろうかと問いかける。

「それは大丈夫だ。あなたは海に落ちて私と交わった時に、すでに海に住める身体になっているからね」

「……住める身体って？」

ディランがユリアナに近づく。

「婚礼の交わりで、ここに私の精を受けたのを覚えている？」

小声で告げると、ユリアナの下腹部をそっと撫でた。

夢の中で見た交わりと精を受けた際の熱い官能がユリアナの中に蘇る。

（あの瞬間に……）

淫らな場面に頬を染めながらうなずく。

「それ以上は、お部屋か海に帰ってからにしてくれないかしら」

横から少女の呆れ声が届く。ターミアが腕を組み、眉を八の字にしてユリアナたちを見ていた。

「見ての通り、愛しい人を手に入れたよ」

ディランがターミアに言う。

「わかっているわ。私の負けね」

ストロベリーブロンドの髪を揺らして、ターミアが首を振った。

「どういうこと？　ディランはターミアを以前から知っているの？」

左右にいる二人にユリアナは視線を巡らせる。

「……隠していてすまない。この子は私の妹だ」

「いもうと？　……ということは、人間ではないの？」

質問しながらも、だからターミアには人間離れした美しさがあるのかとユリアナは納得する。

「海王族よ。あなたたちが人魚って呼んでいる者ね。お兄さまがあなたにあまりにもぞっこんだから、人間界にいる公爵令嬢なんて鼻持ちならない自己中な女だから、お兄さまのことなんて愛すはずないわって言っていたのよ」

それを証明するために、ターミアもこの船に乗り込んでハンスを誘惑したという。

「計画的な行動だったのね」

「私があの王子を横取りしたら、あなたはすぐにお兄さまと婚約して、やっぱりお金に目が眩んだのねって思ったわ」

「お金目当てではないわ……でも、打算的な考えだったのは本当だけれど……」

ターミアの言葉を半分肯定する。

「でも、私がお兄さまといると嫉妬して、しかも身分が無くなることを正直に告げて援助を断り、別れを覚悟したのには驚いたわ。海王族の間では、人間の貴族なんて私利私欲しかないと言われていたからね」

ターミアはユリアナに顔を近づける。

「ハンスは呆れるほど我が儘で無能だったわ」

目を細めてユリアナに言った。

「あの男と長年婚約者でいるには、性格が良くて優秀でないと無理だわね。極上の宝石のようなあなたを棄てちゃったあの王子は、ほんと馬鹿だわ」

言い捨てると嘲笑する。

「ターミア、口がすぎるよ」

ディランが窘める。

「あら、極上の宝石を手に入れられたのは、私のおかげでもあるのよ。お兄さまには感謝してもらいたいわ」

ふんっという表情でターミアはディランに言い返す。

「私はハンスからユリアナを奪うつもりはなかった。見守るだけで……」

そこまででディランは言葉を句切った。

「いや、違うな。私はおそらく自分を抑えられず、この航海中にあなたをハンス王太子から奪ったに違いない」

首を振ってつぶやく。

「そんなにわたしのことを、想ってくださっていたのね」

ディランのあの優しさは公爵令嬢を妻にしたいという目的ではなく、心からユリアナを大切に思ってくれているからだったのだ。

「あなたを愛している。これまでも、これからも、ずっと」

ユリアナにディランが告白した。

「わたしもよ。海の中でも、船の上でも、あなたといられるのなら幸せだわ」

呆れながら見守るターミアの前で、二人はくちづけて強く抱き合ったのだった。


「では行こうか」

ディランがユリアナの肩を抱いて歩き出す。彼が進んでいるのは、特別客室とは反対方向だ。

「あの、どこへ？」

てっきり部屋に戻るのだと思っていたユリアナは、困惑しながら問いかける。

「海だよ」

ディランは金色の真鍮《しんちゅう》で縁取られた扉を、ユリアナを抱いていない方の手で押した。艶やかなハニーブラウンの木製扉は、デッキに通じている。

「デッキに出てどうするの？」

海に向かって何をするのだろうかと首をかしげた。

開いた扉から、潮の香りを含んだ風がユリアナの顔を撫でる。

「風が出てきたか」

デッキに出ながら少し顔を顰めた。

風から守るようにユリアナを抱き寄せる。

「先ほどまで穏やかだったのに……波が……」

このところずっと凪いでいた海が、うねった波を発生させていた。婚約破棄された夜に落ちてしまった時の恐怖が蘇り、ユリアナはディランにしがみつく。

「このくらいの波は、なんでもないよ」

手すりのあるところまで歩いていく。

「そ、そんなに近づいたら、恐いわ」

ユリアナは首を振る。

「あなたは私の妻なのだから、海を恐がる必要はないんだよ」

優しく諭された。

「で、でも……落ちたら……」

恐ろしい記憶は消えない。あの時船が揺れて、ユリアナは海に投げ出されたのだ。

「それにこの船のデッキは、誰かに押されたとしても落ちることはないよ」

「え？　でも……」

ユリアナは落ちたのだ。しかも、誰かから押されたような記憶がある。

「あれはね。ターミアが魔力を使ったせいなんだ」

推測だけどと付け加えた。

「まりょく？」

「先ほども言ったけれど、私たちは海の中で特殊な能力を発揮することができる。ここはデッキで海の中ではないので、それほどの力はないけれど……あなたを海に落とすくらいはできるんだ」

「ではわたしは、ターミアに落とされたの？」

驚いて質問するユリアナに、ディランはこっくりとうなずいた。

「なんとかしてあなたを私の妃にしたいと、あの子も考えていたようだ。私があなたを追いかけているのに気づいて、チャンスだと思ったのだろう。あのあとしっかり叱って、船上で魔力を使うことは封じたのだが……」

「落ちたのは、彼女の策略だったのね……」

ユリアナの記憶に、ターミアの姿が戻ってきた。そういえばあの時にドレスの裾を踏まれてよろけた。そのあとに船が変な感じに揺れて、ユリアナは落ちたのである。

彼女が自分に意地悪をしていたのは、ディランがユリアナを助ける機会を作って一緒にさせようと画策していたからだったのだ。

「ごめんね。ああいうことをしてはいけないと窘《たしな》めたんだが……でも……」

困ったような表情をユリアナに向けた。

「あのきっかけがなければ、あなたは私のことなど知ることはなく、妻にする機会も得られなかったのは確かだ。それを考えると、ターミアを責められないんだ」

弱々しくディランが告げる。

「……そうかも、しれないわ……」

あのまま海に落ちなければ、一等客室の自室に戻って泣いていただろう。そして、公爵令嬢としてのプライドを保つために、客室から出ずにいたはずだ。

食事や諸々《もろもろ》のことを侍女のマーズに任せて、次の港に着くまでずっと部屋にいて……。

（あの部屋で、隣の声をずっと聞かされていたんだわ）

そこまで考えてユリアナははっとする。

次の港までなんて無理だ。きっと耐えられず客室を出ていた。皆の好奇な目と嘲笑に晒され、心を病んだだろう。

もしかしたら、自分から海に身を投げていたかもしれない。

「わたし……あの時海に落ちてあなたと出会ったからこそ、こうして笑顔で生きていられるのだわ。だから、あのことはもう、お互い忘れましょう」

誰も悪くはないとディランに告げた。

「ありがとう。あなたの優しさに私はいつも助けられている」

「わたしのほうが、ディランの優しさに助けられているわ」

笑顔で言い返す。

「ああでも、あの日私の妻になったことも、忘れてしまわなくてはいけないのかな」

困った表情で顔を覗き込まれる。

「え、あの……それは……」

淫らな結婚の儀式を思い出して、ユリアナはどぎまぎしてうつむく。

「そうだね。あなたが言うとおり忘れよう」

「え？」

驚いて顔を上げたユリアナの目に、意味深な笑みを浮かべた美しい青年の顔が映る。

「そして今から、結婚の儀式をやり直すんだ」

「や……りなおす？」

「そうだよ。海の中で」

視線を海に移して言う。

「あ、あの、でもわたし……お、泳げないし……」

ユリアナは焦って首を振った。

「泳ぐ必要はないよ。海の宮殿に行くだけだ」

ディランは手すりの方向にユリアナの身体を抱き寄せる。

白波が立つ軽く荒れた海が目に入り、ユリアナは目を見開いた。

「む、無理よ。海なんて……」

首を振りながらディランにしがみつく。

「私の妃なのだから心配はいらない」

「だ、だ、だってあれは、もう、忘れたことで……」

「ああそうだった。これから新たにあなたと結婚するんだった。それでは、私が案内しなくてはいけないね」

「ひ……っ！」

ディランの言葉が終わると、ユリアナの身体がふわっと浮き上がった。

「きゃあぁっ！」

足がゆっくりとデッキから離れていく。

（そ、そんなっ！）

腰よりも上にあったデッキの手すりが、どんどん下になっていった。

「ど、どうして、ディラン！　こ、恐いっ！」

ディランにしがみついたまま、ユリアナはデッキの上に浮かんでいる。すでに自分の身長よりも高く浮き上がっていた。

「ああっ！」

上昇が止まると、今度は海に向かって移動していく。ユリアナは驚きと恐怖で顔を強《こわ》ばらせ、言葉が出ない。

「心配はいらない。あの夜を忘れても、あなたの身体は憶えているよ」

ユリアナの身体をぎゅっと抱き締める。

「お、おねがい……ふ、船に、戻って」

がたがた震えるなか、やっとのことで訴えた。

「儀式が終わったら戻れるから安心して」

ディランは笑いながらうなずいている。

そうではないと言おうとしたが……。

「さあ、行くよ！」

という声とともに、それまでの浮遊感が消えた。

「……っ！」

すとーんっと身体が落ちていく。

「きゃあぁぁぁーっ！」

水音を立てて、ユリアナはディランと一緒に海へ呑み込まれた。

第八章　本当の儀式

ユリアナは口から空気を吐きながら海に沈んでいく。ドレスが捲れ上がり、金髪が上に向かってなびいている。

けれど、息苦しさや水圧は感じられなかった。

（なぜ？）

二人の身体は、羽毛が空中を落ちていくようにゆっくりと沈んでいる。しかも、水中なのにはっきりと周りの風景が見えていた。

青みがかった透明な海の中には、たくさんの魚が泳いでいる。赤や紫、緑や青の海藻が揺れていた。海面から差し込む光に反射して、魚も海藻も煌めいている。

「きれい……」

思わずつぶやいて、ユリアナははっとした。

「わたし、普通に話ができるわ」

驚いてディランを見上げる。

「そうだよ。私とすでに契っているからね。人間が海の王の精を身体に受けると、泳げなくても溺れることはないんだ」

笑顔で答えた。

「……初めてをここで……」

これまでも船で何度もしていたけれど、初めてしたのがここなのだ。

「少しは思い出した？」

「あ、あの……ごめんなさい」

恥ずかしさに頬を染めながらユリアナは首を横に振る。

「いいんだよ。これから新たに契るのだから。ほら、宮殿が見えてきた」

ディランに促されてユリアナは海底に視線を移す。

大きな宮殿が海底に建っていた。玉ねぎ型の尖塔《せんとう》が四方に伸びていて、ドーム型をした黄金の建物が輝いている。

「なんて美しい……」

思わず感嘆の声が出てしまうほど、宮殿は素敵だった。そして、近づいていくとその大きさにも驚かされる。

ユリアナはディランに肩を抱かれたまま落ちていき、正門と思われる大扉の前に降り立った。

大扉が開かれ、両脇にメイド服の女性や制服姿の男性使用人が並んでいる。女性の先頭に立っている初老の女性は、侍女長のドルリーだ。彼女も海王族だったのである。

「お帰りなさいませ陛下。お帰りなさいませお妃さま」

膝を折り、頭を下げて挨拶を告げた。他の者たちも一斉に頭を下げている。

（陛下とお妃さまって……）

ディランはただいまと告げると、ユリアナをいざなって歩き出す。

侍女や使用人、他に騎士風の者たちが槍《やり》を持ってずらりと並んでいる。それらは宮殿の正門から建物の奥深くまで続いていた。ほとんど地上の王宮と変わりがない。

「大勢いらっしゃるのね。宮殿もすごく大きいわ」

「ほんの一部だよ。海の中にある宮殿はここ以外にも数多くある。どこも使用人たちがたくさん働いていて、海の管理をしている」

ディランが言った。

「そんなにたくさん宮殿があるの？」

「海は広いからね。そのすべてを私の王国が一手に管理している」

「陸でも大きな会社を経営しているのに海のすべてもなんて、大変だわ」

「海は陸の状況に大きく左右されるからね。公害を垂れ流す会社が出ないように監視したり、海に害をなす建造物などを規制する必要があるんだ」

真珠色に輝く廊下を歩きながらディランが説明する。彼が手をかざすと、大きな扉が次々と開き、美しく飾られた部屋が現れた。

どこもバスクランの王宮よりもずっと広くて天井も高い。木々の代わりに海藻が揺らぎ、そこかしこから真珠色のような泡が立ち上っているのを見て、ここが海の中だと再認識する。

「あそこが、あなたと婚礼の儀式をしたところだよ」

いくつかの扉が開かれた先に、オーロラ色のカーテンが揺らめき、貝を模した真っ白なベッドがある。

「ここ……憶えているわ……」

夢の中で見た海中宮殿だ。

ユリアナは死に至る幻想の中にいて、こんなに美しい青年と最後に一緒になれるのならと、考えた場所である。

（でもあれは現実で、この素敵な方と……）

ディランを見上げて頬を染めた。

艶やかな長い黒髪と深みのある緑色の瞳に、整った美しい顔を持っている。海の中だと、船内よりも一段と耀《かがや》きが増していた。

見つめられると、それだけでぼうっとなってしまいそうにディランは魅力的だ。

（な……なんだか……）

ユリアナは恥ずかしくなって顔を背ける。

「どうかした？　何か不都合でもあるのかな？」

横を向いたユリアナにディランが心配そうに話しかけてきた。

「そ、そうじゃなくて……ここだと、あなたが素敵すぎて……恥ずかしくなってきたの」

ディランにはターミアと共通する美しさがある。人間にはない完璧な美貌だ。

「わたしは普通の人間だから、気後れしてしまって……」

恥じらいながら訴える。

「かわいらしいことを言ってくれるね。でも、あなたの方が私の何倍も魅力的だ。私の知る人間の中で最上級だよ」

ディランはユリアナの両肩を包むように手を添えた。そっと引き寄せると、ユリアナの顔に近づいてくる。

「あ……」

お互いの顔がぼやけるほど近くまで来ると、ディランが舌先でユリアナの唇を舐めた。

くすぐったさに声が出る。

「声も可愛いね。海の中だと耳の奥にまで響いてくる」

目を細めて見つめながら、ユリアナの頬を手で撫でた。

「肌も、ここだと船上よりもずっと滑らかだ」

頬に触れていた手が首筋を通り、鎖骨部分まで撫で下ろされる。

「は……ぁ」

ぞくぞくするくすぐったさに肩をすくめた。

「あなたのすべてに触れさせてくれるかな？」

囁くように請われる。

「すべて……？」

「前回は突然の事故だったから、端折《はしょ》っていた部分もあるんだ。今回はきちんと正式な婚礼の儀式をしたい」

「ええ……わかったわ」

それならとユリアナは承諾する。

「ありがとう。では……」

ディランはドレスの衿に指を置くと、衿周りのヒラヒラした部分を軽く爪先で弾《はじ》いた。

「えっ？」

胸元をぐるりと取り巻いていたフリルが透明になっていく。透明になった布は海水に溶けて消えていった。

「なぜ？　あ、ああっ！」

ドレスは胸から腰と、どんどん透明になって溶けていく。ドレスの下に着けていたコルセットやパニエ、下着のドロワまでが、ユリアナの視界から消えていった。

みるみるうちに裸になっていく。

「やっ！　恥ずかしいっ！」

これまで、ディランとは淫らなことをあられもない姿でしてきているが、明るい場所で全裸ということはなかった。夜の薄暗い寝室ならそういうこともあったが、昼は衣服をなにかしら身に着けていたのである。

海の中は意外なほど明るい。ユリアナは悲鳴を上げたあと胸と下半身を手で押さえて、身体を折り曲げた。

「どうしてドレスがなくなるの？」

「なくなってはいないよ。私の魔力で衣装部屋に移動させただけだ」

向こうにすべてそろっているという。

「魔力……なのね」

「驚かせてごめんね。その者の本来の姿で契るのが正式なんだ」

「で、でも……っ！」

真っ赤になって見上げたユリアナは、ディランの姿を見て驚く。彼もまた、何も身に着けていなかった。

（……これが……ディランの……）

彼の身体は滑らかな皮膚に覆われていて、肩や腕、腹筋や太腿、とにかく全身に綺麗な筋肉がついている。

これほど美しい裸体を見たことがない。公爵家の庭や聖堂などに置いてある軍神の彫刻も上半身は裸だったりするが、ここまで均整は取れていなかった。

そしてなにより……。

（……すごい）

真っ赤になって顔を横に向けてしまうほど、ディランの中心に立派なものがある。海面に向けて、そそり勃《た》っていた。

「私も一緒だから、恥ずかしくないだろう？」

ユリアナの腕を取ると、そっと持ち上げる。

「そ、そ、そんなこと、ないわ……」

立ち上がりながらユリアナは訴えた。

「ではこうすれば？」

ディランの腕が背中に回り、ユリアナは抱き寄せられる。密着すればお互いの姿は見えなくなって恥ずかしさが減るということだ。

「え、ええ……」

（でも……あ、当たってる）

ユリアナのへその上をディランの硬くなった熱棒が押し上げている。

「さあ、顔を見せておくれ」

抱き締めたままユリアナの顔を上に向かせた。

「顔が赤いね。かわいすぎて堪らないな」

苦笑しながら言うと、ユリアナの唇にディランは口づけをする。

「ん……」

彼とのキスは何回もしているのに、毎度ドキドキした。あの形のいい唇と触れ合っていると思っただけで、顔が熱くなる。

（ああ……手が……）

口づけをしながら、ディランの手がユリアナの背中やお尻を撫でていく。身体のすべてを手のひらで確かめるかのように擦られた。

背後を確認し終わると、今度は前にディランの手が移動する。

「ん……うっ……」

鎖骨を撫でられるとくすぐったい。その下にある乳房を揉まれ、乳首を摘まれると、淫らな感覚が発生する。

（こ、擦っては……ああ、か、感じるっ）

摘まんだ乳首を指の腹で擦り合わされた。ユリアナが一番感じるやり方で、口づけをしたまま官能を刺激されていく。

「ああ、かわいい声も聞きたいな」

ディランはユリアナの首筋に唇を移動させた。

「は、あぁ」

首筋から鎖骨へと舌を這《は》わされ、乳首を擦られる。淫らな刺激があちこちからもたらされ、ユリアナは首を反らせて悶えた。

「はあ、かわいい」

感嘆の声とともに、両脇に手を入れられる。

ディランの顔のあたりまで、ユリアナの身体がふわんと浮き上がった。ディランには浮力を自由にできる力もあるらしい。

「美味しそうだ」

目の前に来たユリアナの乳首を嬉しそうに見ている。指の腹で淫らに感じさせられた乳首は、赤く色づき、ツンと勃っていた。

そこにディランの唇が近づいていく。

（ああ……中に……）

見ているだけでドキドキし、彼の口腔に収まると……。

「はうぅぅんっ」

甘やかな快感が伝わってきた。

舌先で突かれ、強弱を付けて吸われてしまうと、とても感じてしまう。

「あんんっ、だ、だめ……そんな……」

快感にのけぞって悶えるが、浮き上がった身体をそこから動かせない。

「いいね。味わい深い」

乳首から唇を離すと、もう一方へと移動する。

「も、もう……ああ、そこも……」

ディランは再びユリアナの乳首を口淫した。

乳房をゆっくりと揉みしだきながら、乳首にしゃぶりつく。時折軽く歯で扱《しご》かれると、硬く勃起した乳首からジンジンとした快感がやってきた。

「は、ああ、ああんっ」

ユリアナは金色の髪を乱し、浮き上がったまま悶え喘ぐ。

「ふふ。なんてかわいらしいんだ」

ディランは上目遣いにユリアナの姿を見て笑っている。

「お、お願い……こんな……恥ずかしい……」

ユリアナは堪らず訴えた。

「うん。そうだね」

あっさりと受け入れると、ディランの唇と指が乳首から離れる。すると、ユリアナの身体は再び上昇した。

（……っ！）

ディランの顔がユリアナの下腹部にある。

「そこはっ！」

見開いたユリアナの瞳に、ディランの手が足の付け根に伸びているのが映った。ディランは隠すものがいっさいないそこに指を当てている。

「な、なにを?」

乙女の秘部を覆っている包皮が、ゆっくりと開かれていくのが見えた。ユリアナのそこに冷たい海水が触れ、秘芯が彼の目の前で露わになっている。

「ああ、いやっ、そんなふうに、見てはいやぁぁ」

じっと見つめられて声を上げた。

「ここに、誓いの口づけをしなくてはならないんだ」

「そこに?」

問いかけてすぐに、秘芯がディランの唇に覆われる。

「あっ、ひあっ！」

熱く感じるほどの刺激に襲われ、思わずディランの頭を掴んでしまう。

「もう少し開いて」

ユリアナの太腿がディランの手で左右に押された。快感と不思議な力によって、脚がはしたなく開いていく。

（あぁっ……そんな……）

あられもない姿で、空中に浮かんでいた。乙女の秘部が開かれて、淫唇の向こう側まで露わにされている。

「あなたのすべてが私のものだ」

真剣な声とともに、再びユリアナのそこへディランが口づけた。

「んっ……はぁ、ああっ」

敏感な突起が舌先で舐《ねぶ》られ、淫猥に吸われて、ひりつくような熱い刺激にのけぞる。

「素晴らしい味わいだ」

感嘆の声を発し、ディランは淫唇へと舌を移動させた。

「う、そ、そんなところ、まで……」

小水口から後ろの孔まで、舌で丹念に舐められている。気位の高い公爵令嬢にとっては恥ずかしさの極みだが、与えられる快楽には抗えない。

（ああ……感じ、る……）

ディランの舌だけでなく、彼の手に掴まれている膝裏や手のひらが触れている肌さえも、快感の刺激を覚えていた。

これまでも幾度となくディランと淫らな行為をしてきたけれど、こんな風に全身が感じるほど過敏になったのは初めてである。

「はぁ、んは、い、いい」

秘部を往復する舌のいやらしい刺激に、ユリアナは悶え喘ぐ。

「も、もう……お、おかしく、なりそう……」

息を乱しながら訴えた。

「っと、味わいすぎてしまった」

顔を上げる。

「あまりにもあなたが美味しかったから……」

苦笑しながらユリアナに謝罪した。

「ここを少し広げるね」

優しく説明すると、指先でユリアナの淫唇を開く。蜜を湛《たた》えたそこに、ディランの指が海水とともに侵入してくる。

「ああっ、そんな……っ」

潮水と指の刺激で、更なる快感に襲われた。

「ここに、私が欲しい？」

「ん、ほ、ほし、あっ、やぁ、そこ、押しては、あんんっ」

ディランの指先に蜜壁の感じる場所を刺激されて、言葉が喘ぎに変わってしまう。

「欲しかったら、もっと膝を開いて上げてごらん」

（開いて……上げるって……）

今でもかなり上がっている。これ以上だと身体より膝が上になってしまう。

けれど、そうしないと快感の苦しみから解放されないらしい。

恥ずかしさを堪えてユリアナは膝を開き、ゆっくりと持ち上げる。

「手でここを持つといい」

ユリアナの手が膝裏に導かれた。

「これで……い、いい？」

蜜壺にディランの指を挿れられたまま、彼に向かって脚を開き、膝裏を抱えている。

羞恥の極みともいえる格好だ。

「完璧だよ。いい子だ」

笑いながらユリアナの腰をさすり、挿れている指を抜き挿しする。

「は……だ、だめ……そんなに、奥、押しちゃ……」

ユリアナのいいところを熟知している指先は、的確に刺激してきた。

中は粘りのある蜜が充満しているせいか、ぬちゃぬちゃしている。

そこに海水が混ざり、沁《し》みるような快感に苛まれた。

「はぁ、はぁ、ん、あん」

快感の頂点に達してもおかしくないほど感じている。

だが、寸前のところで止まっていた。

（い……達き……たいのに）

強い快感にずっと悶え続けている。

「ディラ……ン……」

あまりに感じすぎて、身体が変な風にビクンビクンと痙攣してきた。

「達かせ……て」

恥ずかしさを堪えてお願いする。

「婚礼の儀式では、私と繋がらなければならないんだ」

「ん……あなたを……挿れ、て……」

「ふふ、かわいいね」

満足そうにうなずくと、蜜壺に挿れていた指が抜かれる。

「く、ふぅんっ」

抜かれる刺激にも反応してしまう。

「さあ、おいで」

ディランの言葉に続いて、ユリアナの身体がゆっくりと動き始める。彼の肩あたりにあったユリアナの腰が下降していく。

（あれは……）

落ちていく先にあるのは、そそり勃ったディランの熱棒だ。

珊瑚色で美しいが、これまで見たものよりも……。

「お、大きい……」

思わず言葉を発してしまう。

「これが本来の姿なんだ。少しキツイかもしれないが、正式な儀式ではこれを受け入れてもらいたかった」

だからこんなふうに限界まで感じさせて、受け入れやすいような体勢にしているのだという。

(それでなのね)

ディランの説明に納得する。

とはいえ……。

恥ずかしい姿であることには変わりないし、眼下に見えるそれは凶暴さを感じるほど太い。

「さあ挿れるよ」

竿先にユリアナの淫唇が触れた。

「こ……恐いわ……」

真っ赤になりながら恐怖を口にする。

「力を抜けば大丈夫だよ」

ユリアナの腰を両手で掴み、角度を調整するように動かした。これまでの愛撫と毎夜行われていた交わりもあって、ユリアナのそこは受け入れやすくなっている。

淫唇はディランの竿先を歓迎するように開いていった。

「あ……あぁ、挿入《はい》っ……て……うっ……くっ」

やはりいつもよりもずっと太い。

淫唇が裂けてしまうのではないかと思うほど開かれている。

「ああ……やっ……」

圧迫感と痛みに狼狽するけれど、自分の手は膝裏を抱えていてどこにも掴まれない。さらにディランが腰を掴んでいるため、止められずに沈んでいく。

「む、無理よ……こんな……っ」

顔を歪ませながらユリアナは首を振る。

「力が入りすぎているせいなんだが……」

そうだというふうにつぶやくと、ディランは顔の近くに来ている乳首に口づけた。軽く歯で扱かれ、吸い上げられると甘い刺激を覚える。

「はふ……」

乳首から伝わる快感に反応すると、ぐぐっと身体が沈み込んだ。

「うくっ！」

力が抜けたせいで竿先の太い部分が淫唇を通り抜けたらしい。

蜜壺の中に熱棒がみっちりと収まった。

「ふう……挿入った」

乳首から口を離してディランが息をついている。

「な……中に……すご……く、太い」

「うん。よくがんばったね。もう大丈夫だろう？」

ディランが言う通り痛みはなく、熱さを伴う圧迫感しかない。

だが……。

「だ、大丈夫じゃ……ないわ。当たっているところが、あ、熱いの」

ユリアナは困惑の表情で訴える。

「わかっているよ。こうすると、もっと感じるよね？」

ディランが腰を引くと、ユリアナの中の熱棒が動いた。擦られた蜜壁がもっと熱くなる。

「ひあぁ……っ！」

続けて下から突き上げられ、快感の熱が腰骨から全身へと伝わった。

「私もすごくいいよ。ずっとこんなふうに、本当の私であなたと交わりたかったんだ」

ディランは嬉しそうに言いながら、上下の動きで抜き差しを繰り返す。

突き上げられると身体が浮いて熱棒が抜け、沈むと再び奥深くまで挿入される。そのたびに強く感じさせられた。

官能の刺激が全身を冒していく。

快感に喘ぐユリアナを愛おしそうに見つめながら、ディランは休むことなく突き上げた。

「こ、こんな……の……」

熱くて淫らすぎる快感の渦に、心身ともに巻き込まれていく。

（も……もう……）

感じすぎて意識が朦朧としてきた。

ユリアナのラベンダー色の瞳が、焦点を失っている。

「っと、感じさせすぎてしまったようだね。あまりに善くてつい愉しんでしまった。一度ここで達こうね」

優しい言葉がユリアナの耳に届く。

「あ、ああっ！」

ディランの突き上げが激しさを増した。

蜜壺の中が沸騰しそうに熱い刺激に襲われる。

「やっ、あ、もう、む、無理っ」

感じすぎてどうしようもなくなったユリアナは、いつの間にか膝裏から外れていた両腕でディランにしがみつく。

「大丈夫、これで達《い》けるよっ！」

ひときわ強い突き上げで、蜜壺の中に熱いものが放出された。

ユリアナの蜜壺に、ディランの精が満たされる。

「――っ！」

痺れるような快感が全身に広がった。

（熱い……それに……）

これまでディランとの交わりで何度も精を注がれていた。けれど、今回はいつもよりも熱く、そして量も多い。

「すべてをあなたに受け取ってもらうね」

何度も突き上げられ、そのたびに残滓《ざんし》が蜜壺に注がれる。

「は……あんっ……うっ、くっ……うぅ」

繰り返し熱い快感に襲われた。


貝の形の真っ白なベッドの上で、息を乱しながら二人は抱き合っている。

意識が遠くなりそうなユリアナの耳に、ディランが口づけた。

「これであなたは本当に私の妻、海の王の妃だ」

感動した口調で告げられる。

「わたし……海の王妃になったのね」

うっすらと目を開いた。

「そうだよ。人魚妃《ひめ》だ」

笑みを浮かべてディランが答える。

「でも……魚の尻尾ではないのね」

伝説の物語での人魚は、上半身人間で下半身は魚だ。

「姿形はほとんど人間と変わらないよ。ただ、泳いで移動する際などに、魔力で下半身だけ魚にすることはある」

それを陸や船で見かけた者により、伝説の人魚が出来上がったらしい。

「息が整ったところで、続きをしようか」

繋がったままでいたユリアナの腰を引き寄せた。

「あ、あっ、つ、続き？」

「まだ全部はあなたに注げていないからね。婚礼なのですべてを相手の中に射精《だ》し尽くさなくてはならない」

にこやかに説明される。

（あんなに出したのに？）

これまでディランは、太さもだけでなく精の量も抑えていてくれていたらしい。

「さあ、いくね」

ベッドの上で仰向けにされたユリアナの膝裏が抱えられる。

「は、ああっ……」

奥まで太い熱棒が突き挿れられた。

ユリアナはふたたび官能の熱に巻き込まれ、ディランの精力に揺さぶられたのである。


ユリアナとディランが熱い婚礼の儀式をしている最中、船の上では騒ぎが起きていた。

「事故が起きたことすら知らなかったとは、どういうことですか！」

談話室に貴族たちが集まって、ハンス王太子に詰め寄っている。

「そんなの、僕には関係ない！　おまえら王太子に向かって不敬だぞ！」

いつも通り偉そうに言い返す。

「国家の危機なのです。殿下に事実を問う権利が私たちにはあります」

「関係ないで済まされては困るんじゃ！　王家がわしらから税を取りたてて、国家のために使っているかと思ったら、運用すらせず使い込んでいたんじゃろ？」

老貴族が辛辣な質問を投げかける。

「炭鉱の収益を借金の担保にしていたとは、信じられん愚策だ」

中年の貴族が怒りを露わにした。

「ぼ、僕は知らないよ。父上が勝手にやったことだ」

責任は父親である国王にあるとハンスは主張している。

「殿下も監査役として承認のサインをしているはずじゃ！　知らないわけがない」

「炭鉱の長期事業計画に、修繕補修の項目を作ってもいなかったのですよね？」

「安全面をまったく考慮せず長年運営してきたことこそが、事故の原因ではないのか」

皆から質問や叱責が断続的に投げつけられた。

「サ、サインはしたけど、ぜ、全部、あいつが、ユリアナがいいと言ったからだ。僕は何も知らなかった。ユリアナが勝手に決めたことに、承認のサインをしただけなんだよ」

ハンスはユリアナに責任をなすりつけ、その場から逃げようと画策している。

「婚約を破棄されたシェルラン公爵令嬢のことですかな？」

「そ、そうだよ。あいつが勝手に僕の名を使ったんだ」

必死に自分ではないと訴えた。

「あの方とは婚約を解消されておられますよね。それになぜ公爵令嬢が王太子殿下の書類を処理する許可が出るのですか」

ありえないと中年の貴族が首を振る。

「それは、あいつが、僕より優秀だからやらせろと、強引に奪ったからだよ。僕はダメだと言ったのに、シェルラン公爵令嬢の自分の方がよくわかっているからって……」

眉を八の字にしてハンスが説明した。

「ほう……もしそれが本当だとしたら大問題じゃのう」

老貴族が厳しい表情で言う。

「そうだろう？　悪いのはユリアナなんだよ。事故だってあいつのせいだ！」

ハンスが胸を張って主張した。

「よもやとは思いますが……殿下が政務をすることはほとんどないことは有名ですからな」

「以前シェルラン公爵令嬢が、書庫に政治や経済関係の資料を取りに来るところを見たことがある。あれはそういうことじゃったのか？」

貴族たちの関心がハンスからユリアナへ移ろうとしていた。

「僕は僕なりに一生懸命やっていたんだ。でも、僕をバカにして、ユリアナがシェルラン公爵と勝手に政務の書類を処理してしまったんだ」

ここぞとばかりにハンスが付け加える。

「まあ確かに、シェルラン公爵は王族の血も引いている上級貴族で、かなり下位になるが王位継承権も持っている。いずれ王太子妃になる令嬢の代わりに政務をしようとしてもおかしくはないな」

中年の貴族がうなずいた。

「ハンス王太子殿下は傀儡《かいらい》ということじゃな」

老貴族の言葉に、貴族たちがざわつく。

「炭鉱の大爆発を招いたのは、ハンス王太子殿下から政務を奪ったシェルラン公爵とその令嬢ということなのか……」

「それでは、この責任はシェルラン公爵たちにあるということに？」

「もしそうなら、負債は公爵家に補填《ほてん》してもらわなくてはならぬな。領地と財産をすべて差し押さえたとしても半分にも満たないが、あとは王家の宝物や一部の土地で賄えるのではないか」

「それなら国家がなくなることはありませんな」

皆の意見が、責任をユリアナとシェルラン公爵に取らせることでまとまり始める。

「いくら公爵が王族の遠縁で王位継承権があるといっても、王太子殿下から政務を奪うとはけしからんな」

「そうなんだよ！　みんなユリアナたちの陰謀なんだ！」

ハンスが大声で貴族たちに言った。

すると……。

「お待ちください！」

貴族たちの後方から太い声が響き渡った。

振り向いた者たちの視線の先に、初老の貴族が立っている。

「フォボル侯爵！」

ロマンスグレーの髪と知的な雰囲気を持つ上級貴族だ
「先ほどから聞いていると、間違った情報で皆が惑わされているように思いますな」

前に進んできながらフォボル侯爵が言う。

「ど、どこが間違っているんだよ」

ハンスが口を尖らせる。

フォボルはチラリとハンスを見ると、皆の方に視線を戻した。

「私の娘であるエレナから、ユリアナ・シェルラン公爵令嬢は、政務をハンス王太子殿下から押し付けられていたと聞いています。それで公爵令嬢ご自身が資料を集めて、殿下にご説明をし、サインをしてもらっていたと」

「な、何を言ってるんだ！」

ハンスがぎょっとしている。

「もしそこで説明をきちんと聞くか書類を精査すれば、殿下が不備を見つけられたはずです。それに、最終的にサインをなさったのは殿下なのですから、責任はあなたさまにあります」

「そうですな。サインは殿下がしなければならない」

フォボル侯爵の言葉に、ホール内がざわめく。

「嘘をつくなよ！」

ハンスが怒っている。

「私もフォボル侯爵と同じことを許婚から聞いております」

背の低い青年貴族が前に出た。

「ネイサル子爵の許婚というと、パメラ嬢か！」

「情報通で有名な令嬢ですな」

「パメラ嬢が言っているのなら、フォボル侯爵の方が正しいのでは？」

「そうじゃのう。殿下の話は後付け臭いし、サインは殿下のもので間違いないはずじゃ」

貴族たちが怪訝な目をハンスに向けた。

「だ、だからそれは、ユリアナから脅迫されて、書類を見せてもらえずにサインしたんだ！」

しどろもどろになりながら言い訳をしている。

「書類を見ずにサインするなど、ありえませんな。もしそのようなことを長年していたとしたら、やはり殿下にも責任がありますぞ」

皆が非難の目を向ける。

「おまえら、王太子の僕を信じないのか？　だ、大問題だぞ！」

ハンスは語気を強めて周囲を睨みつけた。

「いやいや、大問題なのは殿下の方ですよ」

フォボル侯爵が首を振る。

「ぼ、僕は悪くない。悪いのはユリアナなんだ！」

「そういうところですよ。本来やらねばならないことを婚約者に押し付け、悪くないとお逃げになる。それこそが、今回の大事故に繋がる原因になったのではないですか」

冷静な口調でフォボル侯爵が問い詰めていく。

「この船でも殿下は、あの平民娘にうつつを抜かしておいででしたよね？」

ネイサル子爵が追い打ちをかけるように言う。

「そうじゃそうじゃ、わしもそれは知っておるぞ。公爵令嬢との婚約を破棄して胸の大きい娘とずっといちゃいちゃしておった」

「おまえらに、関係ないだろ！」

「関係あるから困るのです。これをご覧になりましたか？」

フォボル侯爵が書簡をかざした。

「これはこの船の船主から提供された、炭鉱の事故から大爆発までの経緯です。書簡鳥が崩落事故の一報を届けてすぐに、殿下にも知らせていたそうですね。そして大爆発までの間も、炭鉱についての情報が何度も来ていて、逐一殿下へも行っているはずです」

「そんなの知らないよ！」

「一等客室の書簡箱を見なければ、知らないのは当然です。本来なら殿下から私たち貴族に伝えてもらわなくてはならなかったのに、それがなされなかったので、私たちも知らずにここまで来てしまいました」

ネイサル子爵が厳しい目を向ける。

「マクリル氏も私に言っていました。一等客室にいる最高位の王族に書簡の写しを届けさせたが、まさか見ることなく書簡箱にいれっぱなしだとは思わなかったと……」

信じられないという表情をフォボル侯爵が浮かべた。

「殿下がユリアナ嬢との婚約を破棄しなければよかったのです。あの方なら殿下の書簡箱を毎日確認なさっていたでしょう。そしてすぐに気が付かれて、私たちにも伝えられたはず」

「もっと早く知らせてもらっていれば、わしらは今頃バスクラン王国に戻れているはずじゃな」

老貴族が肩を落とす。

「これから戻っても、着いた頃にはバスクランの通貨は暴落しているに違いない」

ネイサル子爵の言葉に、全員が怒りの表情を浮かべた。

「許せない！」

「どうしてくれるんだ！」

「私たちを早くバスクランに帰してくれ！」

「豪華客船に乗るから私たちも同行しろと、殿下が命じたのですぞ！」

「しかも費用はこちら持ちで……どれだけ金がかかっているか」

ハンスに罵声が浴びせられる。

「う、う、うるさい！　おまえら、王太子に向かって無礼すぎるだろ！　全員牢獄《ろうごく》にぶち込むぞ！」

ハンスがわめき散らす。

そこへ……。

「た、た、大変です！　バスクラン王国で非常事態宣言が発令されました。国王陛下が、全国民と貴族の資産を差し押さえるという書簡が今届きました！」

一等航海士が駆け込んできた。

「わしらの資産を差し押さえるだと？」

「冗談じゃない！」

大きなどよめきの中、続いて航海士が入ってくる。

「新たな書簡が届きました。クーデターが起こって国王が拘束されたそうです。クーデターはグロウリス伯爵が先導し、バスクラン王国の貴族たちのほとんどが参加しているそうです」

「お父さまだわ！」

メイリーンが後方で声を上げる。

「おお、グロウリス伯爵と国に残っている貴族たちがやってくれた。国民も協力してくれているようだ」

「わしらの資産を取り上げてバスクラン王家だけ残そうとするとは、主君として失格じゃ！」

「もう現王家はいらんな！」

「そうですな。新たな王家を私たちで作った方がいい」

口々に罵りながらハンスに目を向ける。

「ぼ、ぼくは……王太子だぞ」

「いや、罪人ですよ。私たち貴族を欺き、国を倒産させようとしている」

冷たい口調でフォボル侯爵が言う。

すると、ハンスはくるりと身体を反転させ、デッキのある出入り口に向かって走り出した。

「あ、逃げようとしているぞ！」

「捕まえろ！」

「これまでのこと、もう許せん！」

「何が王太子だ！」

怒りに満《み》ち溢《あふ》れた貴族たちに、ハンスはあっという間に取り囲まれた。

「なにをする！　は、放せ！　ぐあっ！」

屈強な船員が加勢すると、ハンスは床にねじ伏せられる。

「ひいい、やめろおお」

うつ伏せになって床に顔を押し付けられ、悲鳴を上げた。

「逃がすものか。おまえはバスクランに戻ったら父親とともに裁判にかけられるのだ。国家反逆罪とシェルラン公爵および令嬢を陥れようとした罪に問うからな」

ハンスの顔のあたりに立ち、フォボル侯爵が冷たく告げる。

「お父さま、頼もしいわ」

後ろにいたエレナが賞賛した。その横に、パメラとネイサルもいる。

「君が言っていた通り、とんでもない王太子だったね」

「そうでしょう？　酷《ひど》い人なのよ」

嗤いながらパメラたちもハンスを見下ろす。

「バスクラン王国に戻るまで、しっかり拘束しておかなくてはならないのう」

「もう王太子じゃないんだから、一等客室ではなくていいな」

老貴族と中年の貴族が話し合っている。

「そもそも殿下の旅費はわしらが負担させられていたんじゃからのう。今後は三等客室か船倉でどうじゃ？」

老貴族が提案する。

「三等客室は荒くれものばかりですぞ」

「鍛え直してもらえばいいんじゃよ。ふぉっふぉっふぉっ」

老貴族の笑い声が響く。

「い、いやだ！　三等客室なんて、僕は王太子なんだぞ！」

床に顔を付けたままハンスが大声で叫ぶ。

「それなら船倉ですな」

「そうじゃのう」

老貴族が目を弓なりにして笑っている。

「船倉ってどういうところ？」

メイリーンがエレナに問いかける。

「さあ、あたくし行ったことがないわ」

首を振って答えた。

「わたくし知っているわ。船倉は荷物を保管しておくところよ。食糧庫、燃料庫、武器庫、資材庫、あとは廃棄物保管庫かしらね」

パメラが間に入って告げる。

「よく知っているわね」

エレナが目を丸くする。

「一応乗る船の中の情報は得るようにしているのよ。今回の炭鉱の事故については殿下の部屋で止まってしまって、わたくしまで届かなかったけれどね」

「さすが情報通な令嬢ね」

メイリーンが笑う。

「ふふん」

自慢げにパメラが見返す。

「そういえば、ユリアナさまはどちらに？　情報通さんご存じ？」

エレナがパメラに訊ねた。

「特別客室に向かう廊下からマクリル氏とデッキに出るのをちらっと見たわ。今もデッキにいらっしゃるのではないかしら」

「マクリル氏と一緒なのね」

「ではお邪魔してはいけないわね」

「そうよお」

三人は顔を見合わせて笑っている。

第九章　祝福の婚礼

三日後。

バスクラン王国の港に着く前日、豪華客船内では結婚式が開かれようとしている。

「こちらでぃかかでしょう」

特別客室の化粧台の前に座るユリアナに、侍女のマーズが問いかけた。

鏡に映っているユリアナは、金色の長い髪をゴージャスに結い上げ、宝石の髪飾りをいくつも付けている。婚礼化粧が綺麗に施され、真っ白なドレスを身に纏っていた。

首元には、大叔母から譲られた首飾りが輝き、その周りを極上のレースが重ねられたドレスの衿が囲んでいる。

「あら素敵ね。公爵令嬢らしい気品もあるし、とてもいいドレスだわ。お兄さまが高速艇で届けさせた甲斐《かい》があったわね」

ターミアが後ろから覗き込み、鏡越しにユリアナへ問いかける。

「わたしが持っているドレスでよかったのに、無理をさせてしまったわ」

ユリアナが答える。

「海の王の妃なのだから、このくらいのドレスは当然よ」

小声で耳元に囁くと、ターミアは後ろ手に隠していたものを前に持ってきた。

「これは私からのお祝いよ」

ふわっと頭から白くて透ける布が被《かぶ》せられる。

「これ、ウエディングベール？」

「そうよ」

豪奢《ごうしゃ》なレースが裾を囲み、小さな真珠がたくさん縫い込まれていた。

「素敵だわ。ありがとう」

ユリアナは笑顔でお礼を言う。

「この真珠はあたしが直々に海で集めたのよ。いい色でしょう」

自慢げに告げられた。

「ええ。ひとつひとつがオーロラ色に輝いていて、本当に綺麗だわ」

目を細めてベールの内側から眺める。

「失礼いたします。ご令嬢さまたちがお祝いにいらしてますが」

特別客室専用の使用人が声をかけてきた。

「あら、それでは私は先にホールに行っているわね」

ターミアがくるりと踵を返し、特別客室から出ていく。

入れ替わりに、エレナを先頭にメイリーンとパメラが入ってきた。

「まあ、ユリアナさま、なんてお美しいのでしょう」

「聖堂の天女のようですわ」

「ベールに極上の真珠がこんなにたくさん」

ユリアナを見て、三人はそれぞれ賞賛の声を発している。

「ベールはターミアがお祝いにくれたのよ」

ユリアナが告げた。

「あの方と仲良くなられたそうですね」

エレナが言う。

「ええ。ディランの親戚なのですって」

海王族であることは秘密なので、親戚ということで留《とど》めておいた。

「あの方、資産家の娘だったんですってね。殿下に助けてくれって借金を申し込まれて、幻滅したそうよ」

パメラが告げる。

「このベール、少し豪華過ぎないかしら」

キラキラしすぎているのではないかとユリアナは不安を口にした。

「いいえ、とてもお似合いですわ。バスクラン王国の新しい王族となられるのですから、このくらい当然ですわよね」

エレナの言葉に他の二人もうなずいている。

「新しい王族だなんて……」

大げさだと首を振った。

「でもそうですわ。マクリルさまがバスクラン王国に大金を援助して、王国が存続できるようにしてくださったのですもの」

パメラが手を広げて告げる。

「マクリルさまとご結婚なさることで、我が国を助けていただけて、感謝しております」

メイリーンが頭を下げた。

ディランはユリアナと海の王国でふたたび結ばれてから、バスクラン王国を救済するためにあらゆる手を尽くしてくれた。

マクリル商会の資産が半減するほどの大金を投じて、バスクラン王家を倒産から救うことに成功したのである。

ただしそれには、条件がつけられた。

【現国王はそのまま五年間の統治を許すが、負債をマクリル商会に全額返済するまでは、王太子のハンスは廃太子となる。ディラン・マクリルが新たな王太子となり、妻にするユリアナ・シェルラン公爵令嬢が王太子妃となる】

というものである。

現国王を尊重しつつも、近い将来ディランが新たな国王になるということだ。現国王やハンスに五年で多額の負債を返せないのは明白である。

バスクラン王家に次ぐ家格を持つシェルラン公爵令嬢が将来の王妃ということになるので、外国人に丸ごと乗っ取られるわけではない。国が倒産して無くなるよりもずっといいと、貴族たちは皆この案に賛成した。

「これ、わたくしたちからのお祝いです」

エレナがブーケを差し出した。

「まあ、綺麗なバラ」

「ご結婚を聞いて、三人で作りましたのよ」

メイリーンが説明する。

「わたくしは不器用なのでお花を束ねるだけでしたけど」

パメラが肩をすくめて笑う。

「手作りなのね。嬉しいわ。ありがとう」

満面の笑顔でユリアナはお礼を告げた。

「ユリアナさま、旦那さまがいらっしゃいました」

入口で使用人の声がする。

「あたくしたち、ホールでお待ちしていますね」

三人が衣装室から出ていく。

「……っ！」

入れ替わるように入ってきたディランは、はっとした表情で立ち止まった。

目を見開いたまま立ち尽くしているディランに声をかける。

「あの……？」

「あ、あまりにも、美しくて……」

頬を染めてやってきた。

「綺麗なブーケでしょう？　エレナたちがお祝いに作ってくれたの」

笑みを浮かべて返す。

「ああ、うん。ブーケも綺麗だが、なによりあなたが素敵だ。女神のような美しさだ」

感動の表情でユリアナを見ている。

「大げさだわ」

照れながらうつむく。

「いや、全然大げさではないよ。こんなに美しくて魅力的な女性が私の妻になってくれるなんて、夢のようだよ。今すぐ海の中に連れていって、深く抱き合いたいくらいだ」

興奮した面持ちでユリアナに告げた。

「だ、だめよ、まだ皆に見せてないのだから」

慌てて首を振る。

「そうだね。今は我慢するよ。さあ、行こう」

ディランから手を差し出される。

「ええ」

自分の手を乗せて立ち上がった。

「いってらっしゃいませ」

侍女や使用人が頭を下げる中、ユリアナはディランとホールに向かう。

ホールの楽団が、結婚を祝う音楽を演奏していた。

いつもよりも格式張った正装をした人々が、二人を待ち構えている。

「おめでとう！」

「おめでとうございます！」

「バスクラン王国を助けてくださってありがとうございます」

「お二人のご結婚に乾杯！」

祝福の言葉に包まれ、祝杯を挙げた。

「バスクラン王国の発展と、愛する妻のユリアナのために、これからは全力を尽くしていきたい所存です」

ディランの言葉に、ホール中から拍手が起こる。

「微力ですが、わたしもディランを支えながら、王国のために尽くします」

ユリアナが宣言すると、さらに大きな拍手と歓声が上がった。

「ではお祝いの宴を始めましょう」

ウエディング・ワルツの音が流れて、ユリアナとディランが踊り出す。他の者たちも、笑顔で踊り始めた。

「わたしのために、たくさんお金を遣わせてしまったわね」

踊りながらディランに告げる。

「たかが資産の半分だ。援助した分などすぐに取り戻せるよ。バスクラン王国の王太子という地位を得たので、利息分も含めてそれほど時間はかからないはずだ」

「すばらしい商才がディランにはあるのね」

「愛する人を得るためという原動力があるからだと思うよ」

ディランがユリアナの耳にキスをした。

「ディランったら……あら？」

恥ずかしくて横を向いたユリアナの目に、ターミアの姿が映る。ホールの壁にある長椅子にゆったりと腰を下ろし、その足下にハンスを座らせていた。

「なにをしているの？」

踊る足を止めてディランに質問する。

廃位になったハンスは平民の身分にされて、船倉で拘束されていたはずだ。

「廃棄物用の船倉に放り込まれて、虫と悪臭に耐えられないと喚《わめ》き続けたらしい。三等客室まで響くので迷惑だと苦情が殺到してね。ターミアが犬扱いに耐えられる下男になるのなら彼女が使う一等客室で寝させてやると言ったら、受け入れたそうだよ」

他の貴族もハンスを懲らしめられたからそれでいいと、許可したという。

「犬扱いって……」

目を懲らすと、ハンスの首に革ベルトが巻かれて紐が伸びている。紐の先は長椅子のアームに括《くく》り付《つ》けられていた。本当に犬の扱いらしい。

「ターミア、僕……ひっ」

言葉を発したハンスの肩を、ターミアが閉じた扇でぱしっと叩いた。

「許しもなくしゃべってはだめよ。おまえは犬なんだから」

厳しい言葉が投げつけられる。

「ううう……」

床に手をついてうなだれ、本当に犬のような姿になっていた。

「嫌なら船倉に戻ってもいいのよ」

ターミアの言葉に、ハンスは悔しげな表情で首を振っている。

これまでのハンスの行いを知っているので、周りの者たちは誰も助けない。自業自得だと、ほとんどの者たちはハンスに背を向けている。

「哀れだけれど、同情はできないわ」

自分が長年され続けていた仕打ちや、ディランに支援を申し込めと言った時の傲慢さには、許せないものがある。しかも、爆発事故の責任を自分になすりつけて陥れようとしていたのだと、エレナから聞いていた。

「反省して更生するなら、下級貴族の位を与えてもいいと思うが」

ディランが言う。

「更生できるかしら……」

これまで王太子として自己中心に生きてきたから、ハンスはなにひとつ自分で出来ない。性格も直せるものではないと思う。

「働けないなら、一生ターミアの犬として暮らすしかないだろうね」

「仕方がないわね」

もしここで助けたとしても、彼は当然だという態度で感謝も改心もすることもないだろう。何かあったら、またユリアナや他の者に責任をなすりつけるに違いない。

無駄なことをするべきでないのだ。

「あの二人のことは置いて踊ろう」

「ええ……」

ターミアに足蹴にされているハンスに背を向ける。

「私たちはずっとこうして幸せでいようね」

「はい」

返事をしたユリアナの唇に、ディランの唇が重ねられた。

二人はキスを終えると、踊りを再開する。

かつて婚約破棄をされたホールで、この上なく幸せなウエディングダンスをユリアナはしたのだった。

終章

かつて、海に面した場所にバスクラン王国という国があった。

王族の怠慢な国家経営によって倒産し、消滅してしまったのである。

バスクランの最後の国王が退位すると、そこには新たにシェルラン王国が築かれた。初代の王に即位したのは女性で、ユリアナ女王と呼ばれている。

正式名は、ユリアナ・マクリル・シェルラン王だ。

当初は王太子であり世界一の大富豪と言われている夫のディラン・マクリル氏が即位する予定であった。だが、彼は外国の平民の出であるため国民感情に配慮し、バスクラン王家の遠縁で公爵令嬢であったユリアナに王位を譲り、王配に回ったという。

ユリアナ女王は平和で明るい王国を築いた。黄金の髪とラベンダー色の瞳を持つ美しい女性であったことは、今も残る肖像画で証明されている。

王配のマクリル氏はユリアナ女王を支えるだけでなく、素晴らしい商才で莫大な利益を王国にもたらした。そのおかげで、シェルラン王国は今も世界有数の富豪国として存在しているのである。

王国所有の豪華客船を運航しているシェルラン・クルーズは、高額であるにもかかわらず毎回各国の王侯貴族で予約が埋まっていた。人気の秘訣《ひけつ》は船の豪華さもさることながら、ここの船に乗るとなぜか海が荒れず、最後まで快適なクルーズが楽しめることにある。

なぜ海が荒れないのかはわからないが、海の神さまに守られているからだという説がある。

もうひとつ、ここで婚約破棄をしたり恋人と別れたりすると、破棄した者は不幸になるという言い伝えもあった。昔ここで婚約者を捨てた王子が、貧民となって不幸で惨めな生涯を送ったのに由来している。

逆に、この船で結婚式を挙げるといつまでも幸せでいられるらしい。シェルラン王国のユリアナ女王も、ディラン・マクリル王配からここの船上でプロポーズされ、結婚式を挙げていた。二人が長年幸せに連れ添ったことでも、言い伝えは証明されているのである。

あとがき

こんにちは。しみず水都です。ガブリエラブックスさんでは、二冊目となります大判の本を出させていただき、とても嬉しく思っています。


今回のお話は、中世の西洋っぽい異世界の、豪華客船が舞台になっています。

ヒロインのユリアナは、バスクラン王国という伝統と格式を重んじる国の公爵令嬢で、王太子のハンスと婚約していました。バスクラン王国で最高峰の地位にいる女性として気品とプライドを持ち、皆から敬われ羨ましがられる存在でしたが……。

豪華客船で旅行をしている最中に、ハンスから婚約を一方的に破棄されてしまいました。

破棄の理由は、ハンスが溺れたところを助けてくれた人魚姫のような少女と結婚したいからです。少女はバスクラン王国の貴族ではありません。外国の平民令嬢に婚約者を奪われてしまったのでした。しかも、船上パーティーの最中に、皆の前で婚約破棄を言い渡されたため、ユリアナは大恥をかかされてしまいます。

なんとか考え直してもらいたくてハンスを追いかけますが、船が大きく揺れてユリアナは海に落ちてしまいました。

海中に沈みゆくユリアナは、悲しみながら死を覚悟しますが、ヒーローのディランが現れて助けてくれました。ディランは大富豪の美青年で、豪華客船のオーナーです。優しくて仕事ができる彼は、ユリアナにプロポーズをしてきて……。


とまあタイトル通りのことが、とんとん拍子に都合よく進むと思いきや、簡単にはいきません。ディランには何か事情がありそうです。王太子のハンスや人魚姫とされる少女は、何かとユリアナに絡んできます。もちろん、ユリアナにも、後ろめたさや秘めた想いがあります。

そして事件がおこり……。

彼らの恋や運命がどうなっていくのか。豪華客船の上で煌びやかに展開していくのを、楽しんでいただけるように頑張りました。


今回はファンタジーなところも大いにあるので実際の世界とは違いますが、無線通信がまだない欧米の時代を参考にしています。豪華客船のモデルはタイタニックよりも前の、十九世紀後半くらいでしょうか。日本に黒船がやってきた江戸時代後期あたりの船を想定しました。動力は蒸気で、スクリューを回して航行します。

それほど巨大な船ではないので、船内の設えは氷川丸や日本丸を参考にしていますが、ホールはやっぱりタイタニックを想像してしまいますね。あの船の階段に囲まれたホールの煌びやかさは本当に素晴らしい。沈んでしまったのが残念です。あ、今回の船は沈みません。沈むのはヒロインと……あとはお読みになってからのお楽しみということで！


イラストを担当してくださった天路ゆうつづ先生。お忙しいなかお引き受けくださり、ありがとうございました。

ディランはわたし好みの黒髪長髪の美青年で、ラフを拝見したときは「まあ素敵！」と、声が出てしまいました。迫られたらユリアナでなくともドキドキしてしまいます。

ヒロインのユリアナも、気品のある公爵令嬢なのにかわいらしさも備えていて、こんなに魅力的に描いてくださってありがとうと、ラフに向かって御礼をいたしました。


担当してくださった編集さん。いつもお世話をおかけいたします。今回はご指摘のおかげで、ユリアナの気持ちがとてもわかりやすくなりました。ありがとうございます。

自分では見えないこと、気づかないことが、編集さんや校正さんを通すとわかることが毎回必ずあります。多くの方のご助力を得て本は出来上がっていくのだと、しみじみ思います。貴重なご意見や経験を次に活かせるように、精進していかなくてはいけませんね。

そしてお読みいただいた読者さま。『王子から婚約破棄された公爵令嬢ですが、海に落とされたらセレブな大富豪に豪華客船で溺愛されました‼』は楽しめましたでしょうか。明るく楽しく読めるお話を目指していて、いきすぎた悪人はあまり出さないのですが、今回の王太子は酷い奴でしたね。書いていてムカついてしまいました（笑）　きっちりザマアで落とし前をつけさせてもらいましたが、いかがでしたでしょうか。

またお会いできる日を楽しみにしております。

しみず水都

ガブリエラブックス好評発売中

gabriella books

聖女で王太子妃になり溺愛されてますが、この子はあなたの息子ではありません?!

しみず水都 イラスト：氷堂れん／ 四六判

ISBN:978-4-8155-4075-3

「今宵もあなたと子作りができて幸せだ」

神のお告げにより聖痕を持つ聖女として王太子に嫁ぐことになった男爵令嬢エリシア。王太子フランツは聖女を妃とできればそれで十分という態度だったが、反発するエリシアと言葉を交わすうち意気投合して子作りに積極的になる。「いい感度だ。声もかわいい」美貌の王子に優しく愛され、義務感だけでなくフランツに惹かれていくエリシアだが、後継ぎを産んだら自分は用無しだという不安が拭えず——!?

ガブリエラブックス好評発売中

gabriella books

女嫌いな美貌の王子に、ナゼか56番目の婚約者の私だけが溺愛されています

麻生ミカリ　イラスト：森原八鹿／四六判

ISBN:978-4-8155-4312-9

「もうきみは、俺から逃げられないよ　」

地方の出で公爵家の養女になったララは、55人の婚約者候補と破談になっていた美貌の王子セシルの新たな婚約者として王宮に招かれる。「はっきり言おう。俺はもっと大人の女性が好みでね」セシルに冷たくされるも、明るく振る舞い、王宮生活を満喫するララ。容姿だけを評価される己を卑下するセシルは自分を特別視しないララに惹かれるが、弟の縁談を妨害してきた兄王子がまたも彼女に目を付け!?

ISBN:978-4-8155-4313-6

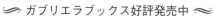

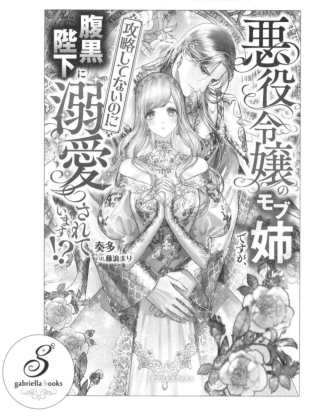

ガブリエラブックスをお買い上げいただきありがとうございます。
しみず水都先生・天路ゆうつづ先生へのファンレターはこちらへお送りください。

〒110-0016　東京都台東区台東4-27-5（株）メディアソフト
ガブリエラブックス編集部気付 しみず水都先生／天路ゆうつづ先生 宛

gabriella books

MGB-092

王子から婚約破棄された公爵令嬢ですが、海に落とされたらセレブな大富豪に豪華客船で溺愛されました!!

2023年7月15日 第1刷発行

著　者　しみず水都《みなと》

装　画　天路《あまじ》ゆうつづ

発行人　日向晶

発　行　株式会社メディアソフト
〒110-0016
東京都台東区台東4-27-5
TEL：03-5688-7559　FAX：03-5688-3512
https://www.media-soft.biz/

発　売　株式会社三交社
〒110-0015
東京都台東区東上野1-7-15
ヒューリック東上野一丁目ビル３階
TEL：03-5826-4424　FAX：03-5826-4425
https://www.sanko-sha.com/

印　刷　中央精版印刷株式会社

フォーマットデザイン　小石川ふに（deconeco）

装　丁　齊藤陽子（CoCo. Design）

ISBN 978-4-8155-4318-1